一个人，
也要活成一个春天

快手诗集

人间后视镜工作室
单读 〇 主编

编者按

这是一本由我们附近的普通人创作的诗集。

单读和人间后视镜工作室一起，从快手平台上搜集到的近千首诗歌中，完成了初步筛选，并特别邀请了阿乙、邓安庆、韩松落、胡桑、贾行家、蓝蓝、梁鸿、项飙、徐晨亮、叶三担任编委，参与诗歌遴选。他们作为这本诗集最初的读者，毫无保留地分享了各自的阅读体验，帮助我们完成了最后的成书。

最终呈现的214首诗歌，来自52位快手创作者，他们的年龄、性别、家乡、职业各异，但他们的文字里的热诚和生命力却是同样的、不可抑制的。在生活中，他们背负形形色色的压力，而在文学面前，他们发出了别样的、丰富的声音。他们通过诗歌，记录着日常的不安、脆弱与勇气，讲述着虽然细琐但同样值得被看见的人生，他们自己的人生。

我们与每一位作者沟通了授权事宜，并附上了他们的介绍，以"一句话素描"的形式，勾勒出作者们独一无二的生活背景，作为阅读这些诗作的辅助材料。

当我们直接面对快手平台上的海量诗歌，发现整个编书过程比我们想象的更艰难，而我们所获得的也比想象的更丰厚。这也许正是文学最独特的地方，它平等地拥抱每一个人——日复一日的生活与劳作，也许束缚着我们的形体，但诗歌让我们获得心灵的自由。

I

在我们身边，一定还有许多等待被发现的诗人。他们不一定在诗刊或者文学杂志上发表过作品，但可能在手机备忘录里、在朋友圈、在微博、在快手上写下过诗行。诗歌、文学并不是专属于少数写作者和阅读者的奢侈品。文学本身的精神潜能，它的丰富与单纯、真诚与幽默、沉重与轻盈、束缚与自由亟需被更多的创作者去发掘。

希望这样一本突破惯例的书，可以打破固有的圈层，去尽力倾听那些长久以来被忽视的声音。

单读

写在前面的话

在这些诗人里,我感受到最多的是把诗歌作为一种祈祷的方式、一种与世界和自己对话的方式。他们的才情像深夜的风一样不为人察觉。显现他们是一种责任。

——阿乙,作家

读的这些诗作里,我偏爱的是有真情实感的作品。写诗的人里,各行各业都有,快递员、农民、流水线工人、学生、生意人、节目主持人……我喜欢的就是作者的多样性,因为唯有如此,才能欣赏到多样的作品。他们的人生是迥然不同的,可是到了诗歌面前,他们却都是真挚的。这是写作的好处,没有高低贵贱之分,只看你的心。

有很多所谓的"底层"诗人,他们做着非常艰辛的工作,尝尽了生活的艰辛苦涩,也见识了人生的诸多面相。他们的作品一点也不精致,甚至可以说是粗粝的,但偏偏是这样没有修饰的文字,如此触动人心。那是他们的呐喊声,不动听,却动情。

这些诗作里,我们感受到了这个时代的情绪,尤其是这几年,所经历的种种一言难尽。这些作者把那些复杂的情绪搁在诗中,读来分外有共鸣。另外就是因为要谋生存,去外地打工、故乡衰败、父母衰老、孩子留守……这几十年,一代又一代人都在经历着，悲欢离合的事情实在太多了。这些也在诗中体现了出来。

可以说，这些诗作是一份珍贵的时代情绪记录文本。

——邓安庆，作家

读了快手诗人的诗，也去快手看了他们的视频。他们在快手的视频，不复杂，也不精致，在生活片段之中，夹杂着朗诵自己的诗作，场景各种各样：家里，玉米地里，办公室，送外卖的路上，流水线旁边，工地上，婴儿身边，配着DJ曲、古典乐、快手流行曲，或者蟋蟀叫声。

他们的诗，和他们的视频一样，诗意似乎很不确定，也很不稳定，很难捕捉，闪闪烁烁，灵光一现，也和他们对诗的态度一样，很珍视，但又没有当回事。诗就在那里，随时可以回去，随时可以享用，而不是像京特·安德斯在《过时的人》中指出的那样，人的造物体现出普通人不可能拥有的品质，使观者产生"普罗米修斯式羞愧"。

这可能就是"诗"本来的样子，是《诗经》里的诗最初的版本，也是世界上一切的诗的原型。诗回到了诗产生的地方，诗坦然地展示着诗的目的，诗和诗人的生活一样平静绵长，不和时间较劲，也不和诗人的生活产生免疫反应，带着一点狡黠，一点坚忍，甚至一点怨怼，一点无谓，也因此无比广大，无比普遍，天然地，自然地，配合着所有人灵魂深处的公约数。

——韩松落，作家

这本诗集的作者来自各行各业：菜农、焊工、快递骑手、矿工、建筑工人、节目主持人、杂志编辑，等等，里面也不乏已经成名的诗人。他们的诗贵在质朴，贴近自己的生活现场，勇于书写自己的生活经验，保留着生活本身的粗粝和尖锐，对亲情、友情、爱情有着最朴素的留恋和希望，也在书写中辨认着自己的和亲友的生存处境。他们中有不少人写到了乡村和城市生活中的底层经验，揭示了底层经验中的艰难与痛苦、孤独与困惑，甚至是触目惊心的失败感，但往往显示出对自身处境的理解，因而主动去反思，而不是流于呐喊和痛斥。

他们还善于书写当代事件：战争、抗疫、坠机、地震……他们不是被某种口号召唤着去写，因此充盈着一种天真的喟叹和悲切，显得更感人。

——胡桑，诗人

诗歌不构成"知识"，诗歌也可以是一个人对世界足够的认识。

翻手的雨（李松山）在《闲下来的日子》里写的是敏于且勇于感知的人对世界的重新认识，他重新认识麦田、飞鸟、矮墙和那些在村里小卖部附近晃来晃去的人，重新认识语言的重力，回声里有声音，影子下面有影子，虽然"诗歌技艺"也包括对抒情的警惕、对字词的计较和无情删减，但是在这一刻不那么重要；在这一刻，那些手里揉搓着麻将牌和扑克牌的人，不知道身后那个在村里生活了四十年的放羊人正在酝酿诗句，"有人在写诗"可以把这个平常的日子变成神迹。

你会接连读到上百个微小神迹，他们写从塔吊上看到的大地，写故乡的山梁和雾霾里的楼顶，写在财务室门口讨债，写电视里遮遮掩掩的坏消息，回不去的家，买不起的房子，据说"诗歌技艺"也应该回避这些，但是在这一刻不重要。

"我正在写诗",你听到每一个诗人的内心都在低语或呐喊。诗歌什么都拯救不了,然而我想象的人的灵魂的样子是一首诗。刹那间,这么多的好灵魂站在眼前。

——贾行家,作家

这本诗集的作者来自各行各业,农民、打工人、家庭主妇、快递员、退伍军人、电台主持人,等等。整个阅读过程可以说十分惊喜,不断会读到令人眼前一亮的作品。简单说,一是很多作品非常接地气,是作者日常生活的直接呈现,因此它们也是普通人对现实的一份见证,少了很多"为赋新词强说愁"的浮夸和无病呻吟;二是来稿中不乏别出心裁、理性又敏感的诗作,甚至比诗坛上某些名气很大的诗人写得要好;三是这些诗歌形式多样,有一些诗作的表达甚至非常前卫,超出我的意料,此为最让人充满期待的事情。这样的诗集可以给基层的无名诗人提供更多的展示和发表机会。

——蓝蓝,诗人

当诗歌成为一种普遍形式在大地上广为流传,这正是它内在精神最为强韧的时刻,它昭示着生活内部所蕴含的古老美学:无论什么时候,无论何种际遇,人类都不屈服于生活的重压,并试图仰望星空。

——梁鸿,作家、学者

我一直以为诗是属于年轻人的,以为岁月将磨去我们的棱角、冲动和诗性。在这本诗集里,我读到了四十多岁、五十多岁和六十多岁的建筑工、油漆工、售货员、农民和外卖骑手的诗。这些诗是长期生活积淀后的迸发。日复一日的劳作和操心，凝固为心底的煤块，煤块发出光亮，那是诗。诗给我们杂质，不让我们蒸发成挂在高空云彩上的水滴。诗给我们皱褶，不让我们被踩踏成历史战车上的钢板。你我说的话，在逃离口号、谎言、威胁和谩骂的飞跑中，化成了诗。诗是逃亡中的真情。我懂了：为什么当我倾听时，满耳朵都是，人民的诗。

——项飙，学者

阅读这本诗集，有种重回世纪之初文学论坛的错觉。在彼时我曾混迹的诗歌版上，隐身ID后的一张张面孔或模糊或鲜明，在现实中身份背景各不相同，对诗歌的理解更是大相径庭，但那片虚拟空间提供了一个生机蓬勃的共享园地，让人们用带着体温的文字交换心声。那时一首首诗的写作、发表乃至由此而来的拍砖、灌水、拥抱，成为溢出日常之外的仪式。相比于抽象的诗学术语与辉煌的诗学谱系，更受尊崇的评价尺度乃是"真诚"二字，仿佛一颗足够真诚的诗心可化作半透明的容器，承接自现实经验中自然而然洒落的、晨露般晶莹无瑕的诗情。

即便我本人深受学院派的规训，难以无保留地信任未受诗艺锤炼的"真纯自我"，但仍不免会透过记忆的变色滤镜回望那段经历。而今，面对这本全新的诗选，我似乎捕捉到某种潜藏的线索，从二十年前的论坛，十年前的微信公众号，到快手平台，新媒体技术一次次重新为诗歌"复魅"——是否不同于本雅明当年的论断，真诚的诗心及其灵韵可以借由传播媒介的进化而再度聚集？这本诗集所给我们提出的问题既关乎诗歌自身，也自然延展至传播学乃至文学、社会学之中。这一次，我愿意再度搁置所有玄妙的术语，只以阅读者和倾听者的身份，透过文字所传递的温度和波动,想象背后一颗颗充盈表达热望的心灵,并将其推荐给无穷多的少数人。

——徐晨亮,《当代》杂志主编

诗与生活不是上层建筑与下层建筑的关系;财富与精神也绝不是线性发展或金字塔结构,先实现前者,再追求后者。我越来越坚信这些,尤其是在当下,尤其是读了这些诗以后。它们没有任何先验性的要求,比如立意或语言技巧之类。它们是从土地中自发长出的蔓草,带着有机生物与生俱来的不完美和勃勃生机。更打动我的是,这些诗的作者或许不能被称为诗人,但他们确实是写诗的人。他们对生命中发生的一切——从昨夜的星空到身边的新闻——都报以敏感且深刻的反应与思索,用自己的语言记录,书写,表达。这正是我们这个时代最有价值的东西。在诗之外,我读到了生活。而那才是诗最初的来处与最终的归处。

——叶三,作家

目录

第一辑

003 **任嘲我**
疼痛在文字里高歌 / 下班回宿舍有感 / 工厂里的人间烟火（组诗）

015 **王计兵**
午夜推行人 / 赶时间的人 / 母亲的心里住着一个菩萨…… / 娘 / 路口 / 在菜市场买冬瓜 / 妈妈 / 比喻 / 失事 / 稻草人 / 想 / 靠山 / 迷路者 / 沙 / 刀

035 **别河**
南广场一角

037 **六月星光 629**
吃醋 / 相恋

040 **一壶明月 6**
小店 / 打工者 / 感遇

	044	**书虫虫 666** 到过许多城市以后
	046	**蔡遇夏** 电子厂诗人（其一）
	049	**滴水结霜** 陌生 / 打工难
	052	**神木爱木 李小刚** 小李・小刘
	055	**农民工诗人杨成军** 想家 / 一根根钢筋无休止地戳向天空…… / 工地的木匠 / 二大爷系列之一
第二辑	065	**长风 @ 物语** 父亲的春天 / 一个人，也要活成一个春天 / 清明 / 冬天 / 故乡的落日 / 五月
	073	**滴水穿祁石** 哪也没有老家好 / 喷石漆时所悟 / 父亲 / 家乡的影子 / 盼解封时刻 / 挖野菜 / 镜子 / 回乡 / 无语 / 装修工人 /

092 **村上诗蔓—阿兰**

一个人的黄昏 / 一个人,一辆车 /
落雪 / 婚姻围城 / 卖菜 / 土地

099 **宗小白**

不用手机的人

101 **诗人蓝野**

故乡 / 九月 / 流星雨 / 记忆一种 / 归去来 /
黄昏雨后

114 **韩仕梅**

画我 / 父亲

119 **翻手的雨(第一部分)**

闷钟 / 栽葱 / 闲下来的日子 / 落差 / 轨迹 /
栽树 / 父亲 / 清明祭 / 偶感之诗 / 在缸窑村 /
绝句 / 爱贞姑 / 散粪 / 老韩 / 石头记

138 **沉香**

父亲的家书 / 结婚 / 萤火 / 逃离 / 兄弟

146 **zhw 夜公子的诗园**

故乡和四季

148 **海韵 5656**

乡愁 / 路灯

第三辑

153 可乐的诗

我与地坛 / 鞋 / 三角铁 / 假说 / 钉子 / 一瞥 / 虫鸣 / 清蒸鲈鱼 / 模特 /1+1=3/ 孤独的本质是一种拒绝 / 余震 / 风扇 / 房间

171 陆辉艳

在更望湖 / 牧草在风中起伏

174 LW 曹会双

草是连载的长篇小说 / 父亲的矿山 / 共振 / 报纸

180 位光明

黄花农场

182 诗人祁连山

白夜 / 流泪权 / 不对 / 新四季 / 从他的全世界路过 / 观海 / 倒影 / 初见 / 乡音有改但不多

195 之南语

游 / 我站在房顶……

198 山东 大诗人、作词人

半成品诗歌 / 丢弃

202 若依

诗歌里的我

204 **ZYJ**

观舞

206 **翻手的雨（第二部分）**

遗址 / 一次漫谈 / 致 / 我的儿子今年七岁 / 给吉尔伯特 / 交换 / 冬 / 在仓房——给海棠 / 在赤壁 / 大海——兼致小覃 / 移动的房子 / 断章 / 其他 / 九月的岗坡 / 七月献诗 / 绝句 / 麻雀——给冯新伟 / 李松山和妻对诗

227 **朝云暮霞**

夏日随笔 / 芒种

230 **耶黎幂**

千年以后 / 时光近秋

233 **黛小青**

歪歪扭扭 / 蜡笔 / 一场高烧

238 **流浪诗人银榴**

晚高峰

第四辑

243 **诗人赵献民**

乌克兰印象 / 回家 / 蚂蚁

247　**马小车の诗**

非非想 / 你曾是

250　**冷冬年**

致YXH / 秋天的第一群大雁 / 把春天摁进大地 / 十月如铁 / 市井 / 压垮成年人的最后一根稻草 / 我们像风一样疲于奔命 / 我将自己活成一个诗人 / 诗者 / 黑夜是一枚茧子，像母亲的子宫 / 父亲（组诗）/ 母亲，是一片榨树林 / 我们都喜欢看着对方努力去深爱的样子 / 无题

270　**夏荷**

一只鸟窝挂在树枝上 / 万物都有自己的名字

273　**雨空**

催 / 哀 / 春节 / 一次眺望 / 分别

282　**韦廷信780**

待产房

284　**翻手的雨（第三部分）**

轮椅上的老人 / 绝句 / 银杏树下——兼致于赓虞 / 眼疾 / 牵引 / 在小酒馆——给张培龙 / 罐子里的石头——兼致牧羊女

292　**西门子 北方**

天色灰黄不定

294 **微雨诗路**
爷爷和孙女 / 过去和如今 / 初恋情人 / 装修工 / 怎么学也学不出来母亲的样 / 莫名其妙 / 聊天

303 **心青诗集**
春天的白杨

305 **次仁札尔希：浮夸诗舍**
贩卖

307 **难过的橘子皮儿**
想写一封信给你…… / 写诗有什么用呢…… / 郁

311 **水云间 8967**
削皮刀

313 **仲诗文**
失败仍是轴心……

315 **盒马每天独诗**
盲人跳绳比赛 / 2022.10.17，周一，倾听 / 2022.10.09，周日，爸爸的梦 / 2022.10.09，周日，盲人的两个邻居 / 致顺华超市老板

329 **素川**
三行诗 / 情话 / 花 / 年 / 青春之歌

337 **远山**
七绝 / 新韵（其一）/ 七绝 / 新韵（其二）

340 **鱼哥**
月是山林的软骨

342 **雁飞**
只有青草焕然一新 / 在一支曲子的平缓部分

346 **陈年喜**
丹江口

后记

349 **人间后视镜工作室**

第一辑

我是一个正在燃烧的朽木／把余生与烈焰融为一体／我带着诗心在工厂里过渡／内在的光芒足以照亮自己

任嘲我

快手ID：1170820737

34岁，频繁失业，
上一份工作在汽车线束厂。

他把流水线上的骂声、哭声和机器轰隆声写成了诗。

疼痛在文字里高歌

心在泪水中炸裂

疼痛在文字里高歌

我恨自己有着钢铁般的骨头

身体却像是烂泥巴捏成的

下班回宿舍有感

我把一天十三个小时卖给工厂

换回来两百块钱

这两百块钱

仿佛让我抵押了尊严

又帮我赎回了尊严……

工厂里的人间烟火（组诗）

杨老板

杨老板一身几万块钱的名牌穿着

他把扣钱打造成了企业文化

工人上厕所慢一点他都容忍不了

这样的格局远不及他画的饼大

老板娘

老板娘的眼光比长相差远了

最爱听那些不符合实际的谗言

她就像是一个毒舌的怨妇

让工人为她的情绪买单

王班长

王班长带着三把火上任

只是发火的时候容易结巴

他说怎么把活干成这个样子

你们是从垃圾桶里被翻出来的吗

陈经理

陈经理为了当一条合格的犬

不惜代价地想要抛弃人性

工人成了他眼里的骨头

都被他咬得很痛

李主管

李主管扮演着受气虫的角色

委屈背后藏着几分阴险

他试图用无法兑现的承诺留住工人

好以此来保住自己的饭碗

周工

周工吃饭时展示出饿狼范儿

眼里放着色狼的光

他经常无视老板

习惯性地盯着老板娘

巡检小朱

小朱在工厂里做着暖男

在家里做着渣男

他为外面的女人吃醋

往自己妻子伤口上撒盐

李线长

李线长是一根不太像样的墙头草

他摇摆的姿态不够优美

经常把握不好风向

还妄想着抱住大树的腿

陈线长

陈线长是车间里的闷葫芦

会上三分钟憋出两句话

他用低调包装自己

背地里也想称霸

朱线长

朱线长有一张死鸭子的嘴

能犟到你把人生都怀疑

她更像是老板提拔上来添堵的

看着不良品硬说没问题

诸线长

诸线长树立了淘气包的形象

自诩才华不止十八斗

她用童真之火点燃工作中的激情

带着光芒在车间里行走

王线长

王线长像老黄牛一样耕耘

她用血汗浇灌员工成长

偶尔放出几句狠话来

总是自己先笑场

杨大姐

杨大姐多少次想炒老板鱿鱼

都被中年危机吓得退缩

她说岁月这把杀猪刀架在脖子上

泪水挂在眼角也只能忍着

张大姐

张大姐是工厂不倒能干到老

常年的高压把身体累得变形

她说自己的理想早与青春一同赴死

再发芽只能等到来生

宋大姐

宋大姐是得了话痨病的守财奴

普通胶带根本封不住她的嘴

她说不要怪我太吝啬

十块钱也能买来精神治憔悴

胡大姐

胡大姐为了做两个儿子的避风港

就像蚂蚁扛着两座大山前行

她似乎忘了负重带来的疼痛

用衰老的残躯奋力支撑

史大姐

史大姐打扮得像个富婆

手上磨破的老茧却在流血

她用微笑治愈疼痛的背后

藏着一个别人不知道的世界

小杜

小杜每天与转动的机器拼速度

把谈恋爱的时间都奉献给了工厂

她说不怕自己孤独终老

就怕不能为父母做些什么

小徐

小徐的老公把灵魂抵押给赌场

换回来一堆债务给她

她把心中的恨意化成动力

让生命在工厂里重新开花

小宋

小宋心里有一只大鹏鸟在振翅

却无法飞向自己想要的高度

他把傲骨打碎撒落一地

笑眯眯地听着别人叫自己废物

小江

小江这个妈宝男式的负心汉

当众嘲笑自己妻子干活慢

他喜欢过两地分隔的感情生活

从心底里讨厌被牵绊

小刘

小刘身上有着明显的书生气

平常言语都是用眼神传递

他握着长长短短的汽车线束

忽然感叹起辍学带来的失意

妻子

妻子看上去像是打不倒的小强

只有我知道是贫穷使她不敢脆弱

她在工作中强忍着眩晕的折磨

血压像过山车一样起落

我

我为了生计而选择当驴

但不是什么都可以忍耐的

我为了和气而选择当柿子

但不是谁都可以拿捏的

我

我是一个正在燃烧的朽木

把余生与烈焰融为一体

我带着诗心在工厂里过渡

内在的光芒足以照亮自己

王计兵

快手 ID：2759351139

53 岁，在昆山送外卖，
被媒体称为"外卖诗人"。

诗歌获奖 3000 元，他给妻子买了一件 5000 元的
貂。这之后，她终于承认他是个诗人了。

午夜推行人

如果不是这一抹蓝

在午夜的街道出现

我差点就信了夜晚

非黑即白的谎言

他俯身推车的姿势

多像一棵倔强的树

在风中不屈的样子

瘪了的轮胎和脖颈的热气

让他看上去

也像一份超时的订单

气温还在下降

还在把往日落叶往死里按

落叶归根其实是一种奢望

在落地之前

太多的落叶就远离了树林

午夜街头

一个外卖骑手的出现

让一抹天空，蓝得更加纯粹

月亮是天空的一处漏洞

所以夜从来都黑得不够彻底

赶时间的人

从空气里赶出风

从风里赶出刀子

从骨头里赶出火

从火里赶出水

赶时间的人没有四季

只有一站和下一站

世界是一个地名

王庄村也是

每天我都能遇到

一个个飞奔的外卖员

用双脚锤击大地

在这个人间不断地淬火

母亲的心里住着一个菩萨……

母亲的心里住着一个菩萨

有人受苦时,她会流泪

有人受难时,她会流泪

久而久之

我误把母亲当成了菩萨

就把愿望许给了母亲

后来,我又看见

菩萨也会束手无策

菩萨一旦愁白了头

低眉顺眼的时候

也像一个许愿的人

也会跪下,给别的菩萨磕头

娘

岁月把一部长篇连续剧

浓缩成一首诗

把一首诗浓缩成标题

把标题浓缩成一个字

把一个字浓缩成一根针

我喊一声娘

就心疼一下。再喊一声娘

就想动用丝线

缝补千疮百孔的过往

我一声一声地喊娘

就像娘用针把灯花挑了一下

又挑了一下。然后

天就亮了

路口

喜欢上路口

就要容纳它的不确定性

容纳它的四通八达

它的喜极而泣

和它的苦苦相逼

昨天,一个女人又在路口瞭望

不知是送别还是等待

很显然,她只是一位年轻的母亲

所以她只站了一会儿

就转身朝村庄的内部走去

在菜市场买冬瓜

老板娘用明亮的刀

切下三指宽的一片来

说你的冬瓜

可我怎么看都不是

我的冬瓜

没错,我的冬瓜应该是

黝黑锃亮的圆滚滚的东西

它应该躺在阔大的叶子下

像一头淘气的猪仔

应该有一个瘦瘦的女人

捉住它短小的尾巴

把它抓出来

笑得很开心

娘很少笑得那么开心

它让娘显得更瘦了

妈妈

一个女人哭了

一个女人也哭了

我总是分不清

哪个是俄罗斯人

哪个是乌克兰人

只从字幕里知道

她的儿子去了战场

比喻

年代久远

当年的乱坟岗已被草坪覆盖

一朵不知名的小花

独自开放在众草之上

它摇摆,众草跟着它摇摆

仿佛一个领舞者

我把这个比喻说给父亲

父亲说,不

那是一个孩子

饿死之后

被她妈妈跪着举过头顶

失事

想让一张纸站立起来

就把纸折出棱角

太平整的纸

只会俯首帖耳

听命于笔

而站立起来的纸则不同

那年。我看见父亲

把一份未签字的合同

对折,再对折

对折成一架飞机

在村委会的上空盘旋半圈

一头撞在了好看的假山上

稻草人

庄稼生长的土地

现在生长着钢筋和水泥

满地散乱的砖头

更像是荒芜,现在是五月

稻草人应该站在田野

土地被征后

父亲仍固执地保留了农民的习惯

时而手搭凉棚

时而往手心啐口唾沫

其实父亲已老得瑟瑟而抖了

草帽泛黑的边缘让他更像稻草人

这样的假设有欠妥之处

父亲苦大仇深的样子,的确把

一地的砖头，当成了一生的荒草

他弯腰直腰都像在做最后铲除

有人在喊：嗨，老头。嗨，那个老头

想

眉毛有点像

眼睛有点像

鼻子嘴巴也有点像

都不是十分地像

我仔细地观察着自己

想把父亲

从镜子里喊出来

想让他起身

跟我回家

靠山

那时我虽小

父亲要想举起我

就要向上天

做出投降的动作

放下我

又要给大地鞠躬致歉

为了我

父亲一直在天地之间

卑躬屈膝

却要求我要腰杆挺直

要做就做一棵山峰上

挺拔的松

直到父亲不在了

我才突然懂得，这人间

再小的坟茔

都会高于地面

没有一座是无缘无故的山

任何一道悬崖

一道山坡

都会有

举起和放下孩子的父亲

迷路者

想到小时候

曾用水滴挡住蚂蚁的路

用石头压住蚁穴出口

这小小的恶

迫使我急于返回

向蚂蚁道歉

当挖掘机堵住村口

乡亲们围绕在挖掘机的周围

也是一群蚂蚁

当高压水枪拦住了去路

乡亲们茫然四顾

也是一群蚂蚁

一群蚂蚁找不到巢穴

多像大地散落的水滴

不久就消失了

沙

从沙滩里挑出一粒沙子

是多么的不易

所有的沙子如此相像

铁锹铲下去,杀杀杀

脚步踩上去,沙沙沙

这些细沙在阳光下如此温暖

在海水下如此轻柔

这些柔软的百姓

从不为没有成为石头或泥土而暗含棱角

一团散沙是你对沙子的误解

逼急了,沙子也会遮天蔽日

要是钻进眼睛,一粒

就足以让人泪流满面

刀

每年的草都是新的

一场秋风就全部变旧

这些坟头的茅草

每一片叶子都像匕首

过了秋天就成了老刀

刀老了

习惯了卷刃和断裂

它们曾经

一茬一茬都和父母对峙

现在覆盖着父母

成为父母的偏旁部首

让父母一生的钢铁

都失去了刃口

让我每一次跪拜

都像在弯腰磨一把刀

别河

快手ID：2010412148

25岁，贵州苗族人，
水处理行业从业者。

一首诗写完，他会读给女友听，让她猜诗里的"红色之花"是什么意思。这是他们之间的小互动。

南广场一角

用蛇皮袋裹住从故乡带来的棉被

雨中,难以诉说的城市

那根毛竹扁担和主人的爱情一样孤苦

一身清白的人,最保险的只有裆口

不管穿得多厚,最保险的只有裆口

再套上一个塑料袋,藏好要带回故乡的钱财

六月星光629
快手 ID：1588885177

48岁，现居常州，
商用空调机焊接工。

说起自己的工作，她觉得在和火焰谈恋爱。

吃醋

焊枪与我握手

火焰啊!你

为何咬我一口

相恋

焊工与火焰相恋

生出了许许多多的疤痕

一壶明月 6

快手 ID：439275314

56 岁，居住在唐山市，
有一家建筑公司。

他喜欢用古体诗，记录打工人。

小店

小店久封首日开

无聊独坐守空台

门铃乍响急迎客

却是房东讨账来

打工者

发薪之日最思乡

计留千元度日常

银行相去百余步

中途又减两三张

感遇

晨起披星耘瘦稻

夜归子索买楼钱

价高不堪扳指算

算罢老泪满青衫

书虫虫 666

快手 ID：847838047

47 岁，现居哈尔滨,
在大润发超市工作。

曾经参加最美女诗人大赛,
那是她参加的第一个诗歌比赛。

到过许多城市以后

想退出这快节奏的生活

每天除了跟公交车赛跑

就是跟高铁赛跑

这一趟趟苦旅,看

青绿到橙黄,一次次改变

这潦草的半生

鬓角掺杂了些许白发

却拿不出丰功伟绩,被

路过的风拓印

手里多了一个户口簿

从女儿变成母亲

入夜,一遍遍漂洗月色

蔡遇夏

快手 ID：2671545630

30 多岁，天津人，
做过程序员。

他想写出像代码一样整洁有用的诗，也想通过创作，探讨人与 AI 的分别。

电子厂诗人（其一）

我带着行李来到昆山

电子厂，流水线

人像机器一样疯狂旋转

晴天或雨天

厂区如同一个孤立的王国

一份番茄炒蛋

便能给我一日温饱

这里没有民谣小酒馆

没有诗和远方

只有被现实的怒涛

冲破堤防的可怜人

今夜

我卧病在床

孤独地听室友说起

俄乌战况消息

停电了

我多么想有一支不会熄灭的蜡烛

可以在漆黑的世界里

继续研读海子和余秀华

滴水结霜

快手 ID：694776098

51岁，承揽装修工程，
居住于山东聊城。

常年在外奔波，为村里的留守老人写了两百多首诗。

陌生

初到都市风雪急

路边打车的士稀

工地离此三十里

怎么回去成了谜

打工难

打工外出十几天

今日归来无笑颜

两手空空心难受

钱没挣到路费完

低头匆匆怕人问

进了大门忙上栓

最怕家人提此事

唠唠叨叨个没完

神木爱木 李小刚

快手 ID：466964660

36 岁，陕西省神木市人，
因在工地上读诗走红网络。

深夜开压路机时，他躲在驾驶室里大声朗读，让发动机的声音，压过自己。

小李·小刘

小李

十年前打工

人叫小李

十年后打工

人叫李师傅

又过十年后

小李变老李

还是在打工

小刘

十年前打拼

人叫小刘

十年后创业

人称刘老板

又过十年后

老板成老董

创立了公司

农民工诗人杨成军

快手ID：427411297

59岁，居住于吉林德惠，
2011年参加《中国达人秀》走红。

他是一位农民工，因为写诗传达农民工心声登上过《新闻联播》。

想家

把自己流放出一万里

做一个异乡的旅人

然后夜半的时候

开始泪流满面

中国人,是一种,恋家的动物

总有回家的声音

在耳边一遍一遍地,消磨你的意志

或许还有,天边的一钩月牙,挂在树梢

或许还有异乡的风,趴在窗台

都会在夜里,喊醒你的乡愁

然后悄悄数着泪声

一滴、两滴、三滴的,等待黎明

最听不得的是乡音,一句土得掉渣的东北话

坚强这东西刹那,就会像决堤的大坝

一溃千里

一根根钢筋无休止地戳向天空……

一根根钢筋无休止地戳向天空

太阳把我疲惫的身影缩短又拉长

钉尖的呻吟不时从脚下传来……

我们是离太阳最近的

我们是穿裙子的季节穿棉袄的人

我们是城市里播种楼房同时

也播种梦想的农村人

工地的木匠

用一把锤子

把钢钉敲进几块

裁好的模板里

就像身体里的某个部位

扎进了一根刺

我听见了木质的呻吟

把模板合起来的柱子

山坡上老玉米一样的密实

在加固过程中

也把自己像柱子一样

牢牢地固定在了他乡

然后,牛一样的

没日没夜反刍相思

原以为大楼

一天天长高

回家的路就一天天的近

当高楼大厦

塞满了整座城市

相思也就流淌成了河流

在街道上泛滥、拥堵

偶尔站在楼顶

看雁群从头顶飞过

你会看着家的方向

默默地发愣一会

然后,就拼命地干活

跟没事一样

二大爷系列之一

小村很小

小到西头尖尖脑袋家的大黄狗叫声

能跑到东山尖上

小村很大

大到年轻人像星星一样

散落在四面八方

一条街道糖葫芦一样

串起来十几户人家

还有糖葫芦上粘几粒

芝麻一样的麻雀

在屋檐上逗留

中间几户无人住的老房子

像七八十岁老人的牙齿

露出的豁口，漏风

小村的街道没有

二大爷的扁担长，曾经

一个早晨，捡粪走好几个来回

也装不满半只柳条筐

小村头些年

收获的一大群孩子

怀揣着诗去了远方

只有节假日才候鸟一样

飞回来，感受一下乡愁

不叶地有种了

一辈子地的老邻居

把自己种到了东山上的黑土里

二大爷就好几天抽闷烟

不说一句话

二大爷实在闷了

想打几圈麻将消遣

最近有两个人闹矛盾

三缺一愣是凑不上

二大爷时常

拿起来锄头想干点啥

打了农药的玉米地

不用铲也不用趟

只好拿着刀头

在荒草界里挖几颗婆婆丁

这东西败火啊

第二辑

似凸镜的瞳孔里装着/我 铲子 野菜
犁 和豢养我们的土地

长风@物语

快手 ID：320491251

33 岁，在贵州山村长大，
现于贵州毕节当历史老师。

他上大学时，家里被迫卖掉养了二十多年的水牛。
现在，他想写诗怀念它。

父亲的春天

当他，扛起沉重的犁耙

仿佛春天，生来就是老相识

他教我学会耕耘，不误农时

将松散的日子，打理得井井有条

像泛黄日历上有节奏的时令

阳光穿过晨雾，照进小院

早起的父亲，开始劈柴喂马

用他的方言俚语，算计着如何

才能在贫瘠的地里种出黄金

而今，他的春天，不再诗意

那些曾经闪亮着光辉的岁月

被生活，紧紧压在箱底

直到生长出,淡淡的霉衣

在某个午后,才被阳光发现

一个人,也要活成一个春天

一个人,也要活成一个春天

在一朵桃红之上,提取甜蜜

让生活破土而出浓浓的诗意

即便,故人远走

一个人,成了另一个人的故事

一个名字,成为另一个人的心事

即使,隔夜的花朵被清风数落

荒芜的笔头,在深夜的酒后

无法描绘出春天的另一个缘由

只需编织更多的一些时间

坐等清风,在某个寂静的午后

和岁月,结伴而游

清明

手持白菊,在某个清晨或者午后

和清风一道,去山野的深处

祭奠,一些老去的缘由

石碑斑驳,荒草丛生

岁月无情,把一些高大的人

硬生生,倒伏成一堆矮丘

经年的故事,开成一朵小花

时光,默默告诫世人

生于繁华,归于尘土的宿命

清明时节,雨还未下

一滴泪,落在寂寞的坟头

冬天

狗尾巴草低下头颅,它瞥见

轮回之门。稻草人在一旁无语

午后,寒风制造盛情难却的氛围

一片落叶,猜透了它的命运

枯死的日子,被围困在夕阳里

它企图用一缕红,包裹伤痕累累的冬天

秋菊在孤独里,再也等不来蝴蝶的邂逅

月色升起,草尖挤出一滴冰冷的清泪

生老病死。岁月露出真实的纹理

时光无情。墙上的时令指向冬天

炉火升起,灯火零星点燃山村

又有人,走失在雪白的深夜

故乡的落日

和春天对视,落日映红西天

漫步在雨后的村庄,清明时节

空空荡荡。父亲轻声告诉我

只有近年关,村庄才会热闹几天

而母亲,像只小鸟叽喳地追问着我

在外面的时候,有没有受委屈

我低头不语,只是微微一笑

青瓦上,升起一缕温柔的炊烟

夕阳缓慢西沉。我眼里的村庄

也是它一直体恤着的远方

阳光斜洒小院,把日子揽入怀中

仿佛,它从不遗弃任何逃离的人

五月

远处,火车头顶白云,驶过山野

近处,父亲头顶斗笠,簇拥春天

清晨的阳光,透过我的炊烟

让一个极简的日子,悄然入味

五月的梅子,沾满露珠,挂满山野

荒草无情,挤满我儿时牧牛的领地

无名的小黄花,爬满寂寞的碑文

夕阳,贪婪地啃食着最后的一抹青春

篱笆里的菜畦,被母亲的锄头细细打理

一年四季,被她划分得那样分明

夜色将深,月色洒满山村

窗外的荷塘,听取蛙声一片

滴水穿祁石

快手ID：687486892

51岁，内蒙古赤峰三官营子村人，
现定居沈阳，工龄三十年的油漆工人。

他是一位喷涂技艺高超的油漆大师傅，带出过几十个学徒。
他生活在山区，擅长在雨后的松树林里捡松蘑和地瓜皮。
在工地干活时，他看见大口大口喝生水的工友，会忽然想起年轻时的父亲。

哪也没有老家好

你说 身处尘世的繁华喧嚣

才觉得故乡是心灵上的一片净土

冬天，窗户里面一位老太太

看天上暖暖的太阳

看来来往往的行人

看来来往往的车辆

看儿子电焊时的火光四溅

她念叨着，哪也没有老家好

夏天，她着一件淡红的半袖

坐在门外纳凉

太阳依然把最温暖的一面捧给她

太阳晒黑了来来往往的行人

太阳晒淡了来来往往的车辆

太阳光和电焊光交织在生活的火炉里

她儿子的裸露在外的皮肤，黝黑，皱缬，结实，铁一样硬朗

她依然念叨着，哪也没有老家好

太阳光每天把她的院落

那么清晰地 照在她心里

喷石漆时所悟

我端起枪

瞄准似平不平的墙面 喷出真石漆

喷出大海腰间的各色雨花石

喷出绿色的香园

喷出温润的阳光

喷出稀疏的柳枝透出月影

喷出淙淙的泉水从梦中流过

喷出林间一串啾啾鸟鸣

喷出一首悠扬婉转的舞曲

喷出一帧旖旎的风光画

喷出一曲月夜下思乡的笛音

喷出有情人终成眷属的情诗

喷出春夏秋冬的酸甜苦辣

喷出一壶浊酒饮尽秋月春风

喷出我心中的一首歌

父亲的草原 母亲的河

父亲

他背着比他还高的行李

他背着比他还重的行李

他外出时浅铜的脸

他回乡时黑锅底的脸

盼星星 盼月亮

年三十那天父亲风尘仆仆 踏进家门

这是全家最激动人心的事

全家人吃了一顿世界上

最幸福最奢侈的年夜饭

刚过初三,父亲挥泪而别

背着行囊 踏上了去往远方的路程

他一走便是一年

我念书时 仿佛看到

在建高楼的绿色安全网直入云端

前面砖垛旁 挥汗如雨的父亲

一边大口大口地喝着水管里的流水

一边啃着白色的馒头

他把每一分钱掰几瓣儿花

他把攒的每一分钱都邮回家

家乡的影子

孟克河流淌着一颗颗血的火焰

燃过成片成片的高粱地

经过泥泞,在龙头山上盘桓

一堆堆的玉米一堆堆幸福的黄金

玉米机的响声 是一部农家乐交响曲

在村子上空流淌,鸭鹅的叫声

是最闪亮的转场

朦胧的月光与缕缕炊烟 轻舞腰肢

三官营子的人都是智慧的人

都是勤劳的人,会过日子的人

他们都有钱,他们把钱花在刀刃上

侯村长从田地里走来，镰刀像月牙

他给每一个猪仔 生活的第一刀

他用脚丈量谷地，用锄头描绘三官地图

地图线路伸向四面八方，五湖四海

连着那么多背井离乡的村民的心

他们手里都抓着一把小米

自豪的小米 无论在哪个角落都自豪

盼解封时刻

解封后第一件事去做什么呢
理发

头发如柳枝一样飘逸
遮住了
燕子怎样从我面前斜飞
和谛听嫩草拨节的清脆

让重起的蝴蝶清理我的思绪
让淅沥的春雨濯洗我的心扉
让那久别重逢的人哭得心碎
让我们集在宴席上举起酒杯
让那些战斗在一线的勇士们
好好歇歇，好好睡睡

理完发后，我会感到格外轻松

花开在出行的路上

我们信心十足地走在春天里

挖野菜

我手中的铲子寻觅在

草色遥看近却无的坡上

鲜嫩的野菜纷纷走入视野

有婆婆丁，车前菜，苦麻菜……

却总也寻不到那踩在黄土上的

毛驴的蹄印

和那闪烁着泪花 圆珠一样的大眼睛

似凸镜的瞳孔里装着

我 铲子 野菜 犁 和豢养我们的土地

镜子

你是我的

愚人节的一面镜子

每一条枝条 每一声鸟鸣的错误的声响

都逃不过你水晶露珠一样的眸子

让每片叶子都在阳光下过滤 灰尘窸窣而落

你生怕一棵有疤节的树

禁不起一场突如其来的风雨

每一次纠正,我似乎有许多充足的理由进行反驳

我自诩 我说的话都挨近真理

你仍不倦地揭开我的瑕疵

赤裸于静水之上,光天之下

使我恼羞之时又一次偏离方向

袅袅升起理直气壮的云烟

你仍不倦地揭开我的瑕疵

我终于静心反省我的愚蠢

后悔与人争辩时不断将谬论升级 延长

映照出 狡辩——是愚蠢的人在愚弄自己

感谢你 你是我的

愚人节的一面镜子

回乡

今晨天欲阴不阴,雨欲下不下
你说一踏上故土树梢都是亲的
松树蘑在雨后冒出头是新鲜可亲的
高粱是亲的,谷子那苗条的腰肢是亲的
连你脸上挂的喜色都是亲的

晌午,终于没有下雨,阳光性子很烈
踏上故土的我,心中无名地忐忑

使我心情平和下来的是
看到小毛驴在一矮墙内恣意撒欢
苍蝇蚊子都依然热情,飞来一波又一波
两只蜻蜓在高粱头缨上缠绵
老黄牛深邃瞳子里闪着自信的年成

谷穗的弧度恰似我为谋生而累弯的腰

我的白发恰似故乡上空的云团

故乡啊，不老的故乡

你可还能认得我

但铭刻在我骨子里的村庄——三官营子

深谙它的内心世界胜过我的姓名

深爱着善良朴实的每一位乡亲

城市到乡村，像高铁到毛驴车

生活在夜色中慢了下来

只有伸手不见五指——黑布一样的村庄

我就在这炊烟摇曳的闷闷的黑布上

抽拿一夜静谧的墨绿的蝉咏的夏之梦

无语

一位盛世著名的彬彬有礼的大老板

把我带来的工人甲先生骂得一无是处,狗血喷头

他发誓,开支走人,一辈子也不想见到我的工人

甲先生

我的工人甲先生发誓,一辈子也不想见到这臭老板

第二年,那个彬彬有礼的大老板却不见我了

没日没夜身先士卒为他操心的我

把他这座江山打下的我真想投江自尽

后来一想,为负心的人而死不值

春夏之交,当我偶然又一次路过他的工地

彬彬有礼的他鹤立鸡群手指在空气里画

装修图纸,宛如指挥家在指挥一场盛大的

交响曲

而我的工人甲先生在他手指的方向描摹施工图

彼此谈笑风生

这使我很惊讶,更多的是无语,我真想跳河自尽了

佛祖的宽容与放下、看开,又一次拉了我一把

装修工人

我装潢的这户房间

彩色抽象的背景墙

出自我的手笔和幻想

我用了浑身的解数

用尽我汗腺里流出的所有血水

成就了这个房间的作品

当夜阑人静

只有硕大影子

在灯下显得孤单

我拧干衣衫的汗水

走出我工作的房间

清爽的风捎走我身上的潮气

顿感心旷神怡

我凝望家的方向

家里独灯下

一桌丰盛的饭菜已凉

妻在默默地等我

村上诗蔓—阿兰

快手 ID：1569867590

60 后，菜农，居住于山东德州。

她在土地里、菜摊前写诗。她说，耕诗田半亩，写诗词万千。

一个人的黄昏

不管我身边有没有人

这也是我一个人的黄昏

我现在就是一个舞蹈皇后

抱着风跳,踩着水跳

在金色的光里跳

像极了那只站在田埂上的鹊

一个人，一辆车

十月，黄昏

河对岸的夕阳

和一辆装满菜的三轮车相撞

连同人

只是停住，奢侈地看了几秒

最后几片凋零的落叶

旋转旋转，和风一起

只是发出一声轻轻的叹息

落雪

我喜欢

在冬天里

看那漫天飞舞的

鹅绒般的雪花

是怎样落满我的房前屋后

是怎样落在田野与树木

一层又一层

广阔壮观

连同我的纯洁的情感

裸露在这人世间

婚姻围城

我想给婚姻涂上一种颜色

我在盒子里找啊找

却把盒子打翻了

于是

婚姻便成了五颜六色

卖菜

炎热的夏天有这样一个凉爽的去处

该是多么享受

而我只能从她面前匆匆而过

不能停下来

因为车上装满了菜

我要去卖掉

土地

洒万籽于土

享天地之水,夏长秋收

夏长秋收

方有人间烟火正道

生灵度沧桑

耕诗田半亩

写诗词万千

宗小白

快手 ID：2561204298

江苏镇江人，农业工作者。

"把诗歌写在泥土地上"，她希望给人留下这样的印象。

不用手机的人

在我整天想着扔掉手机

却又扔不掉的年纪

我的偶像,美国诗人,盖瑞·斯耐德

定居内华达山区,写诗,禅修,致力于保护环境

伊丽莎白·毕肖普坐船前往南美旅行,在那里遇到了挚爱

昌耀在这一年龄段的作品开始多起来

海子已经自杀了五年

而我的父亲,一个食品厂的普通工人

抽屉里竟然放着一柄竹箫

他垂钓,自己动手修葺漏雨的瓦屋

用毛笔写字,在泛黄的牛皮信封上粘贴邮票

坐绿皮火车去很远的地方

闲暇无事,他就站在暮色里

蓝色中山装背对着我,手指轻按,双唇送出

低低的箫声

诗人蓝野

快手ID：2096918379

54岁，《诗刊》编辑，
在北京工作生活。

他是一位《诗刊》编辑，还是一位电影迷和戏剧迷，世纪初跑遍了北京的所有剧场。秘技是能撑出一张圆桌那么大的面皮。

故乡

小时候,从县城、从临沂回家

觉得到了村前南山就到家了

过了几年,从济南、从青岛回家

觉得到了更远些的

莒县平原上的沭河就到家了

前几年,从北京回家

刚过汶河,觉得到了再远些的

齐与莒的交界——穆陵关就到家了

而今,刚刚驶离河北

在黄河大桥的减速带上

我内心咯噔一下,到家啦!

世界越来越小了

我越来越老了

九月

三妹给二姐寄来了发夹

全家人围拢过来,摆弄了一阵

没能将发夹打开

九月,二姐就要出嫁

三妹在异乡的果园,不能回来

缓慢的邮政包裹,将发夹

送到家

没能打开的发夹,攥在新娘手里

被手心的汗水润亮了

我站在家门口迎来了50马力的拖拉机

她跳下来,落地时手上自然地用了一点握力

那金属和塑料做成的发夹,咔的一声

弹开了。太阳明晃晃的

她的手里闪动着炫目的反光

流星雨

一对青年男女抬着一张单人床

热气蒸腾的沥青马路上,他们抬着单人床

人来人往的大街上,他们抬着单人床

喧嚷的北京城里,他们抬着单人床

暴烈的太阳下,他们抬着单人床

他们抬着单人床,床上有一个脸盆

他们抬着单人床,床上有两个背包

他们抬着单人床,床上有两双鞋子

他们抬着单人床,他们抬着铁架子单人床

异乡的楼宇间,搬家的人抬着单人床

他们从我身旁走过,仿佛整个燥热的夏天被抬走了他们从我身旁走过,我听到他们笑着说——

昨夜的流星雨真是太美了

记忆一种

算命的瞎子又到村里来了。

那个领路的小孩

走在瞎子先生前面

被捆绑着,有一条绳子从小孩身上引出来

握在算命先生手里。

因为迷路,孩子总被训斥

挨上瞎子几个狠狠的巴掌

为什么要把孩子绑起来?

为什么没人救下孩子?

童年的场景总出现在眼前。

这几年,我多次问起村邻

他们都说,根本没有那个被捆绑的孩子

只记得瞎子是你远房表叔

算命可准了

那么清晰的情景，难道

会是我的幻觉？

几个曾经一起跟着孩子和瞎子走好远山路的伙伴

告诫我：你怎么开始编瞎话了

算命先生是探着竿子敲着磬子走进村里

这真是一个想不清楚的问题。

我记得最后一次见到他们

捆绑孩子的麻绳断了一截

但孩子没有逃跑，还是装作捆绑得结实

领着瞎子向前走去

那断下的一截麻绳

我捡起来，塞进老家的墙缝里

前几天，我抠出了它

白麻绳变成黑灰色……

——我拿到了麻绳

还是没有人相信,有一个被捆绑的孩子

为算命的瞎子引路

归去来

又是背井离乡的一年

六百公里后,我们看见燕山

横亘在天地之间

我曾多次登上它的山峰

张望过这条大路

自南向北,这条路穿透了

东西走向的燕山

它们在大地上交叉,在大地上

画了一个十字

燕山脚下,就是我们寄宿的异乡

再到年底,我们依然会背对着燕山离开

就像我们可以卸下

背负着的,沉重的时间

燕山下,人生的剧目

拉开了又一场的幕布

就像真的排练过

我们迈向舞台的步子

并不迟疑

黄昏雨后

突然出现的晚霞里藏了一切——

一匹马,一只大鸟

或者豹子,或者凤凰

还有城市和乡村,纵横交错的道路

晚霞藏住了我们全部的想象

晚霞里有生活,昨天的

今天的,明天的,那些失意

那些沉重,那些光芒

晚霞里有永恒

也有瞬息之间的生与灭

晚霞里有因果,它照耀着过去

也悬浮在未来的上空

此刻笼罩山谷的，是雨雾晚霞红

漫天的红色，罩住万物

也顺带着映亮了我们的脸庞

在明亮和绚烂里

我们无奈地看着这渐渐暗下去的人间

韩仕梅

快手 ID：1891679271

51 岁，河南南阳薛岗村人，曾因写诗登上联合国演讲台，被媒体称为"农妇诗人"。

身处包办婚姻，她认为相比灵魂出轨，用结婚证束缚不幸的婚姻才是不道德。

画我

我想画无数个自己

一个去天堂帮爸爸妈妈担水,做饭,洗衣

一个留下来照顾酷似小孩又不如小孩的老公

一个陪儿子闲暇时聊天,喝茶,下棋

一个当一个赚钱机器,供女儿读书

一个周游世界

一个跳舞蹦迪

一个为我自己,找一个我爱的和爱我的,人生短暂不能委屈了自己,好好过一辈子。

一个一个……

画无数个自己

一个写诗,一个学习

一个歌唱,一个谱曲

一个做饭,一个洗衣

一个拖地,一个田里

一个，一个，

画无数个自己

父亲

村头 雨水

小巷 浊流

在我走过的脚印里灌满延伸

犹如一根思念的灯捻

一直燃烧在胸口

在那些贫困潦倒的日子里

爸爸挑着挑子

豆腐 豆腐的叫卖声

仍在耳边萦萦绕绕

扁担磨破了双肩

可我从来没听爸爸叫疼

黑夜里

炉火每蹿动一下

我都感到疼

我心中撕裂的伤

变成了一次次的潜逃

我不敢再去看

爸爸肩头臃肿的伤

翻手的雨（第一部分）

快手 ID：2556631410

本名李松山，42岁，
出生于舞钢市尚店镇李楼村，牧羊人，
因儿时患脑膜炎导致残疾。

他是一位在山里放羊的牧民，但不喜欢羊。
他写了五年情诗，终于追到了自己的妻子。
他和妻子有时会在野外对诗。诗，在他们的言语间成形。

闷钟

他的声音

从岗坡对面的河沟里传来。

那个从前说话像吵架,

后来寡言的男人。

现在,他一个人,在对面干涸的河沟里

和影子说话。阳光照在

他和一头被骗过的牛身上

他们再也不会因为一把口粮而动怒。

2021.11.01

栽葱

葱沟既不能太深,

也不能太浅。

株距和行距

不能太亲密也不能太疏远。

我站在母亲身后,和

三棵小葱在一起。

四个共甘苦的姐弟,

学习着她的动作,

一遍遍向土地低头。

                              2021.04.13

闲下来的日子

一桌人在搓麻将,

一桌人在斗地主,

一群来回走动的围观者。

阳光落在坠落的叶片上,

风抚摸着矮墙,低语。

这是他们闲下来的日子,

他们的麦子

在各自的麦田里

自顾自地生长,

长势如何那是麦子的事情。

小卖部后面的大桐树上,

两只喜鹊在巢里

不啼叫,不飞翔,

它们闲下来的时候,

和树冠融为一体。

落差

她发来位置信息,

在来时的高铁上。

而他正在地里抖花生。

因连日暴雨,花生团成泥团。

生活从来不缺少苦难与偏见。

就像此刻她眼中的石漫滩大坝,

闪烁着星星和渔火,

就像他说:杏子熟了,

她在杏仁里。

2021.09.08 晚

轨迹

草蛇,是一个隐喻,忽闪一下钻入草丛。

惊吓源于新鲜事物的楔入。

比如羊屎蛋儿。

的确,我不太喜欢羊。

但我还必须热爱它

我知道四百万单位的青霉素配多少剂量的氨基比林。

这是摸得着的,看得见的

我独自喝酒:暴雨冲刷着窗外的叶子。

乌云下面穿着白雨衣的人

把羊群赶到野外,并保持微信畅通。

2021.08.23

栽树

我刨树坑。她扶树苗。

河床被现代化的荒草占领。

河水清澈,水花亲吻着鹅卵石

她挖的树坑又大又圆。

她是弃婴。贫农。没上过学。

信赖于镢头和铁锹的哲学。

现在她的背有点驼,扶树苗的手有些抖。

我也一样。我们一边封土,一边互相纠正。

2021.04.03

父亲

他将劈好的木柴码在墙角

坐在长条凳上抽烟……

我知道这是梦。

我的父亲在五年前

永远地离开了——

那天的雨下个不停,

他紧紧攥着我的手,

想要嘱咐些什么,

喉咙像灌满了泥沙。

就这样他走了。

和这个世界永久地分开。

病痛也不再折磨他的身体。

他又时时出现在我的生活里

豆角搭架，羊棚修缮……

是的，他只是换了一种方式爱着我们。

> 2020.03.29 雨
>
> 2021.04.25 改

清明祭

砍去上边的矮构树,

用铁锹把垮掉的豁口重新培上新土。

火池也清理了一遍。

五年了我一直感觉你没有离开,

还是那个满头白发

古板的小老头儿。

现在你偎着爷爷奶奶,

你们是不是也经常唠叨庄稼和我们?

用高出语言的另一种方式。

现在好了,父亲。

高血压和尿毒症再也撬不动你的身体。

你也不必为忌口而烦恼。

母亲的身体还算硬朗,

也学会了用微信。

纸钱的烟缓缓上升,

和山边的云朵站在了一起。

2021.04.11

偶感之诗

想起多年前,父亲在老屋的庭院

在一堆柴火旁挑选豆角架,每拣好一根

他都用拇指抹去上边的刺。然后蹲下来

削。砍。仿佛琢磨一件工艺品。

捆扎实。码在墙角。对于生活,他总是

不急也不躁。

是的,他逐渐学会了父亲

温顺地听从刀斧的闪电,

在灰暗的纹理上散开。

2021.05.31

在缸窑村

当车子驶入这个群山环绕的村落：石墙屋，锈成铁疙瘩的锁，

告诉我们，主人离开很久了。

流水漫过小石桥，

落叶被推揉着，

慢慢悠悠地晃荡着水面。

灰雀被小路引入山涧，许多岔路分开荆棘和灌木。

在古遗址前我停下来，

石雕的眼睛早已被剜走。

我们没有感到一丝不安和疼痛。

2021.11.04

绝句

他把羊群赶到河滩,摊开书。

呈现在他眼前的是另一个世界:

白色的大理石廊柱,鹅卵石街道。

年老的加里·斯耐德先生套着马车,

驶向郊区的原野。

隐匿在草丛里的羊群,像一个问号。

2021.05.11

爱贞姑

马尾辫,大眼睛。挎着帆布包。

爱贞姑从他们的叙述里

来到漏雨的窝棚。如果是晴天,阳光会像明亮的雨落进来,

那时,她在阳光里梳妆,

为灰色的房间代言。

如果是晚上,小脚的月亮会在水桶里颤颤悠悠……

我的小学同学程芳,

有一双和爱贞姑一样的眼睛。

三年级,她转学了。

记忆中爱贞姑回来过两次,

一次是铁柱叔的葬礼。

还有一次是程芳哥哥的婚礼。

散粪

用小铲一点点撒开,

刺鼻的羊粪味让他有些懊恼。

他的内心有一只猛兽,

但找不到可以深嗅的蔷薇

一群羊,几块自留地。

病痛忠实于他。

他停下手中的活,

数着天上的羊群和雁阵

哪一只是自己呢?

他趔趄着,

埋过脚面的麦子,

闪动太阳的银耳坠。

老韩

他抚摸羊的皮毛

像抚摸上等的棉花。

它们却没那么乖巧,

因为怯生它们四散跑开,

有两只扎进玉米地,

那三只跑进了花生地。

老韩把它们归拢一处。

他娶媳妇的梦变得气喘吁吁。

他看着跛脚走向岗坡的我,

露出两排黄豆牙。

2021.06.14

石头记

这些大地的产物,

风和云坠落的残片。

我发现她时,她也发现了我,

在斜坡的另一个纬度。

泥垢,深涩的地理学,

我沿着纹路回去

目睹了李楼的一切

石头建筑倒塌后,

一群群鸽子咕噜噜,

拍打黎明的窗棂。

破碎的瓦砾在县志上黏合,

青砖在修复

小脚老人,在插图上,

她簸箕扬起的谷皮悬在半空。

平衡车的音乐，在广场

带动肥腻的广场舞，

村后的高速上，

汽车喇叭追逐尾气，

在一块石头上

互汇错位的光芒。

         2020.05.29

沉香

快手 ID：2074350765

42 岁，现居深圳，
从事进出口贸易销售工作。

爱人有个记载每天生活开销的账本，他曾在账本上为她写了一首诗。

父亲的家书

那里离这里三千里

那里离家里六千里

你一只手紧紧抓住我

一只手紧紧抓住家

哥哥的女朋友要玫瑰花

你说

给她

用白纸扎许多

蘸碗里的血

真能长出光屁股娃娃

结婚

金属

混凝土

木头

毛坯

贵金属

礼服

酒席

毛坯

我们的房子空

你嫁给我

往里面放故事

还是

故事书

萤火

流星划破夜空的寂寞

跌落于冰冷的山坡

阿爷的烟斗里

装满了世间的悲欢离合

一明一暗

烟尘四起

像是一团想哭的萤火

逃离

十岁,拾穗

二十,爱时

三十,三思

错穿了时间的鞋

她带走倾诉和情书

飞快岁月

城市凶猛

比目鱼扛着大船

寻找一条顺流干净的河

梦在凌晨收拾好行囊

小脚丫不情愿把小脚印遗忘

走了,真的

四十，适时

钢笔和墨水结婚怎么没有通知我

兄弟

当太阳升起在东方

你还记不记得

我们打伞走过的

那条学校后面的雨巷

像一杆哑了火的老猎枪

黝黑

趾高气昂

喝不醉的酒

天马行空的遐想

你曾说过的远方

那里一定充满阳光

现实生活想让我们举手投降

暗夜里

冰冷的春雨洒落在故乡的土地上

大风吹过

有许多坚毅慢慢生长

你我都是山里的孩子

生来倔强

当太阳升起在东方

有一条开满鲜花的道路

美丽又悠长

zhw 夜公子的诗园

快手ID：2096358564

51岁，陕西人，现居包头，
在发电厂担任高级工程师。

一年有360天与机器相处，诗里却有山川湖海。

故乡和四季

一个没有故乡的人

怎么会拥有春天夏天秋天

更不可能有冬天了

城里的季节只是花开了，叶落了

我心中的四季

有田野、窑洞、庄稼、野草

有鸡犬相鸣，有云有烟有人

告别村口的那棵树

我已不知有几次

而每一次的回归

我都当是旅行和重生

每次我都心怀一个季节

有春天、夏天、秋天

有一年的春节是冬天，那时父母还在

海韵 5656
快手 ID：1639319722

55 岁，青岛胶州人，焊工。

他的焊接手艺被很多人夸赞，无奈生在胶州——一个焊工过剩的城市，因此常常失业。

乡愁

我把思念啃成月牙儿

碎渣缀满夜空

如此动静

定会吵醒那只家猫

路灯

那盏灯哭红了眼

夜,静悄悄

路,不再捡起你的影子

第三辑

要么,就在稿纸上建一个 / 果园吧,
你的经历、所见和飞鸟 / 振翅的余音,
是最好的养料。

可乐的诗

快手ID：1596925782

28岁，山东济南人，电台主持人。

他是一位电台主持人，六年来，每天晚上十点他会准时出现在广播里，为大家推荐了上千首好听的歌曲。妻子是他诗中的女主角，但有些诗千万别被她读到。

我与地坛

他在踢球

对着一座墙

球踢过去,弹回来

踢过去,弹回来

以多快的速度过去

就以多快的速度回来

可能会慢一点,但肉眼看不太出来

肉眼能看出来的

是位置,是地点。这里是地坛

史铁生的地坛。史铁生坐着轮椅转

并写成文章的地坛。我读过

读过很多遍。所以看到一个人在这里踢球

会多看几眼。想一想

史铁生看到,会是什么感觉

鞋

想改一首诗的结尾

改成和脚相关

脚嘛，身体的结尾

再一想，不对，应该是鞋

又一想，脚一天都在鞋里

身体一天都在衣服里

我的白天就是它们的黑夜

一想叠着一想，离结尾越来越远了

干脆写一首新的

写一首不穿鞋的。一双光着的脚

在森林里是那么普遍

在城市里，却能产生色情的感觉

哪怕只是想象。人类穿鞋

的确穿得太久了

三角铁

"我们没有血缘关系

孩子让我们成为三角形"

十一个月前,阳阳这样说道

翻看那天的备忘录,有这么一句:

生了一个孩子

两根筷子夹起一张纸

假说

句号里可以住很多个句号

问号和叹号不行,他们很占地方

由此带来的现象是

孩子的门窗被撑得很亮

大人的更像月光

钉子

刚刚好

我走到那儿

影子投到墙上

墙上有一个钉子

钉子钉在头顶

一个钉子只有离开

才会留下一个洞

也就是说

这个钉子钉着我的影子的同时

在钉着一个洞。那是他的命运

上面挂什么

只是功能

一瞥

一个环卫工人

对着一株和他差不多高的植物尿尿

旁边是割草机。一丝异样

在我看到,并把它客观描述出来之后

依然存在。甚至更明显

虫鸣

说来说去就是那些事儿

太阳下无新鲜事。这话没错

无非是换些新的词语

再就是,也是更关键的

换个声音。一首经典歌曲,你听了上百遍

熟悉它每一个音,每一个角落

以为就这样了。然后一个人进行了翻唱

突然间有了新的可能性

新的缝隙搁进去新的心事

钥匙找到锁孔。戴上耳机,读一首诗

不是蓝天里的太阳

是黑夜中的月光。月光下

有许多虫鸣。它们白天也叫

但白天,你听不到

清蒸鲈鱼

听众发来一张清蒸鲈鱼的照片

这鱼好,蒜瓣儿肉,没词儿

没刺儿打成了没词儿

一顿,今天是没词儿

一首诗没写

过些日子

今天就会和没刺儿一样

被过去这个大词一口吞下去

什么也

吐不出来

模特

就是一直被挑选

有时候马上要上台了

突然被告知，取消了，不用上了

他也不是针对你这个人

他就是突然觉得这套衣服不合适

然后连带你这个人也被取消了

就本来一开始是工作，怎么突然就在大街上走着了

就觉得很……

三个模特开始还羞涩

打开话匣子后不停地讲

三个女孩每一个都很漂亮，腿都特长

但站起来，回到队伍里

的确，我开始了比较

而我只是一个记者

我的票

只能投给三个化名：

小李小刘小张走在舞台上，表情整齐划一。这是专业的表现：

把一切，隐藏到时尚后面。

1+1=3

白纸

黑字

两个普通的词合起来就是那样的意思

惨淡,经营

去掉逗号,指的是煞费苦心

差强人意

也不是很差,而是还可以

那里有一首诗

你说你读懂了

多少令人怀疑

孤独的本质是一种拒绝

说孤独是一种方言有点矫情

但的确有人孤独说得更多

说到身体都会了

站在那儿,就会发出孤独的音色

老话说,老乡见老乡两眼泪汪汪

两个习惯孤独的人认出彼此

应该知无不言言无不尽

可事实常常相反

他们只是点点头,笑一笑

像两颗星星

继续挂在那儿

余震

我一个人在那儿

还是选择让风扇摆头

我认识一个富二代

几辈子吃喝不愁

每天还是打卡上班

我拦过很多只蚂蚁

只要不死

都会继续往家走

我干过好多事情

对意义

渐渐感到陌生

意义就是过程

新闻说今天的 6.1 级地震

属于 9 年前 7.0 级地震的余震

两次地震相距 9 公里

风扇

风扇在转

在一个极端停一停

然后摆头向另一个极端

我在风的间歇中读一本压箱底的诗集

里面的书签

是去年暑假去过的游乐园的门票

锯齿状的一端，怀念一般

阳阳在切西红柿

刀切下去

切到案板前有一个声音

我听到西红柿喊疼

可能是读诗的缘故

吃完饭，我负责洗碗

案板上的红

佐证我的听觉还敏感

自来水向下流

外面的雨水竖起耳朵

寻找同类

像风扇一样扫射

一本书就这样

从第一页

翻到了最后一页

房间

厕所可能是男人最后的避风港

看到这话我会心一笑

把烟摁掉

走进咖啡馆靠窗

看到刚才的位置迅速补上了一个人

一愣——烟也是一个房间

这话冒出来

呛了我一下

好久没写诗了

烟倒是天天抽

我打开锤子便签

从一个房间

走进另一个房间

陆辉艳

快手 ID：1923085414

80后，广西灌阳人，
青年诗人。

她曾辞掉报社的工作，去乡下种香蕉，但一场寒霜，让一个诗人的田园梦破碎了。

在更望湖

一只小犬蹦跳着,过了桥

在这之前,每一个行人

都不紧不慢地走在桥上

他们的肉身过了桥

他们的衣服和头发过了桥

他们的笑声过了桥

他们带着沉甸甸的尘世

和刚折下的野花过了桥

接着是他们的影子

被分开又合拢的空气

一场风,没有来处的时间

桥下是更望湖

再远一点,是尚未开花的荞麦

小犬等着这一切

都过去了,然后才静静地走上木桥

牧草在风中起伏

成片的牧草,在风中起伏

像一群奋力奔跑的人

如果不是在牧场,我会以为

只是一片普通野草在自由生长

枯荣都不会生出意义

但它们显然有了存在的

更为必要的理由

牛群低头静静地咀嚼

它们的影子浸透在大地上

生活之循环往复,有一天会被打破

既定的秩序——

牧草起伏连接着清晰的天空

风中传来隐约歌声

缺席的羽毛般的日子正被重新描述

LW 曹会双

快手ID：1401329423

52 岁，山东莱芜人，
莱芜某钢铁集团的矿山女工。

她是一位与铁精粉做伴的钢厂泵房工，能剪出图样复杂的窗花，靠自学获得了大专和本科学历。
因为写诗，她在钢厂里格格不入。写得不好，女同事们笑话她，写好了，她们还是笑话她。

草是连载的长篇小说

草是连载的长篇小说

一坡是一章节,坡坡相连

天旱时,小说连载得慢些

下雨天,小说连载得快些

近几日,大雨小雨时常有

每个坡写得快,连载得也及时

我加紧了阅读的速度

此时,我正对着丛生毛草和雀稗

读得兴趣盎然

父亲的矿山

父亲用一生的茬茬经历

囤积了一座丰富的经验矿山

父亲常以健谈开采出坚韧的矿石

我用聆听的生产流程一级级破碎后

用思索磨选出领悟的铁精粉

用思考浮选出了悟的铜或钴的精粉

用真诚重选出参悟的金精粉

若想有各类金属的品质与市场价值

我须得躬身,分门别类

一个步骤一个步骤地冶炼

共振

这些句子,说到我心里了

直想拍桌子欢呼几声

我那些难捱的时光,难捱的煎熬

作者已替我说得周周全全

还把捱过之后的重生也说得枝繁叶茂

这种妥帖的共振

是一等一的幸运

报纸

晨报是一碗豆花，舒心舒骨

日报是壶酽茶，全身通泰

晚报是份热水澡

泡着泡着就睡着了

被油条浸了油渍的是晨报

包着几条咸鱼是日报

晚报包的是菜种籽和花种籽

二十来岁的我

在一张油渍麻花的日报上

读到一首关于初恋的诗歌

一个暮色里

在一张揉皱的晨报上

读到了某电影院的上映影讯

其中有《她俩和他俩》

在晚报的报缝里

读一则则的寻人消息

位光明

快手ID：2338005962

50岁，安徽人。独居在绍兴，收废品之余自学油画，以"陋室画家"的身份走红网络。

他画画，也写小说。他形容小说是一棵树，而诗是小说里的树叶子。

黄花农场

夕阳西下,两个骑着自行车的少年,看着天边的晚霞
真的希望,用剪刀剪下一块彩色的云,给你做一条美丽的纱巾
水渠里潺潺的流水声,马路边成排的沙枣树,正飘着沁人心脾的花香。
一万年的擦肩而过换来八年的同桌,握着你的手,却感觉距离好像地球到火星那么遥远,擦去你眼角的泪珠,送你一束沙枣花。
巧珍,保重,再见

诗人祁连山
快手 ID：2473339909

27 岁，盐城人，当代诗人。

95 后男生。一位细心的粉丝曾在他的诗集里发现了一首写于 92 年的诗，并称这可能是诗人幽默的一部分。

白夜

将一座火山

凝结成雪的

可以是北风

也可以是我的灵魂

把一座冰川

融化成海的

可以是太阳

也可以是我的肉身

流泪权

不在人后流泪

就在人前流泪

实际上现在人人高举

不流泪证明

他们不需流泪的资格

也不需流泪的动机

他们个个坚强似施瓦辛格

朋友圈和 QQ 空间

一个比一个光鲜

如今只能说

朝阳初升后

某些人

有流泪的嫌疑

不对

故人吟诗作对

现在我们吟诗

和世界作对

新四季

七月

这座城市

有无数个夏天和冬天

躲进内设空调的店

就钻进冬天

否则就是夏日炎炎

一年四季

四季总在眼前

好像房、车、家、钱

长久以来

多数的人们

互相陪伴在彼此身边

各自背负着各自

悱恻的秋天

从他的全世界路过

路头的保安

每天只做一件事

就是坐在大门前

干瞪眼

每回我从这条路走过

都会扭头瞄他一眼

他也就立即侧头

瞪我一眼

现在他一天

有两件事做了

观海

我常想

为什么看海时

会感到舒服

大概是因为人

曾是一种

漂浮在海上的生物

我不豁达

只有对豁达的困惑

我不聪明

只有对聪明的渴望

没有海的时候

我就看天

天不亮的时候

我就看月

倒影

撮着一个小白酒杯

把白酒喝完

倒上

喝完

倚在窗边把杯底看穿

就找一找今晚天上的月亮

看到了月球表面的斑驳

还有月球上

那个衰老的老外星人

满一杯重新斟上

月亮嘟一声掉进了我杯里

外星人原来来自水星

他问我

能把月亮还给我们吗

我把酒和月亮一起喝到了肚子里

对他说

把月亮还给你

我和谁聊去

初见

地球围着太阳公转一圈

叫作一年

自我出生以来

在地球围绕太阳

第二十三圈的时候

我见了你第一面

这一刻我觉得宇宙的存在

是有意义的

地球应该继续绕着太阳

轻柔地转圈

爱人啊

我的生命短暂

一生里充满了未知的危险

这窘迫的爱

只因你的存在

而变得漫长了一些

乡音有改但不多

想起家乡

是快乐的

有时自言自语

不知怎么就脱口而出

一句家乡话

会乐上很久

然后再想想

这句乡音用普通话怎么说

又乐了

之南语

快手 ID：1302024396

25 岁，贵州毕节雪山镇银光村人，
因自制服装在山间走模特步，被称为"乡村野模"。

她是一位生活在农村的女孩，常穿着自己设计的衣服在田野间走秀。树林里面进了一束光，她希望有人能在她的走秀视频里看见那束光。

游

庄稼快要收完了,

很多地方下起了雪。

鸟为何还不找个地方过冬呢,

奇怪的是前几天还看见一条蛇睡在路上。

我站在房顶……

我站在房顶

拿着扫帚身着粗衣布鞋

眼神空洞呆滞

像一个七十年代的寡妇

我走在田埂上

摇曳着身姿

褪去农民的样子

像只有灵性的鸟

山东 大诗人、作词人

快手 ID：463494001

32 岁，火锅店厨师，
居住于山东济宁嘉祥县。

在火锅店写诗，每首诗的第一批读者是店里的服务员们。

半成品诗歌

雨后

我小心翼翼地打开笔记本

唯恐打扰到还在沉睡的诗歌

我知道它喜欢安静

我从未带着它与世人见面

在我心中它只是半成品诗歌

它还不够成熟 不够完美

我与它相处了很久

我发现它的性格和我一样

有一些内向

我把它当成了最好的朋友

它也没有把我当成外人

我们时常互相倾吐心声

鼓舞着彼此

丢弃

半成品的诗歌

丢弃它吧,我舍不得

不丢弃它吧

我每一次与它谈话

它总会打乱我的思绪

到底它是半成品

还是我是半成品

若依

快手ID：1833645917

37岁，现居成都，
全职家庭主妇。

每天照顾植物人父亲，她靠写诗减压。

诗歌里的我

终于

我把我归于诗歌

把诗歌

归于日落

然后把我深爱的人

和热爱的事

——都藏进

生活……

ZYJ

快手ID：1846722894

60后，现居江苏常州。
当过中学语文老师，现为焊丝工厂经理。

曾任中学语文老师十三年，因性情耿直从学校辞职，现在仍后悔。

观舞

在大小的广场上

有许多人在跳舞

跳得整齐而美丽

使我无法通过

翻手的雨（第二部分）

快手ID：2556631410

本名李松山，42岁，
出生于舞钢市尚店镇李楼村，牧羊人，
因儿时患脑膜炎导致残疾。

他是一位在山里放羊的牧民，但不喜欢羊。
他写了五年情诗，终于追到了自己的妻子。
他和妻子有时会在野外对诗。诗，在他们的言语间成形。

遗址

大坝的遗址在绿植间闪现。

而你并不知道,

悬挂的大钟只有大风袭来时,

才偶尔响一下。

游船推开水面

雨中踩水的孩子,

丝毫不在乎母亲的责备。

2021.05.15

一次漫谈

诗,就是你和另一个自己谈话。

散漫。给话题竖起一把梯子。

说到专注,羊是你。构树叶也是你。

有时候你会被带刺的藤蔓划伤,

也丝毫不必怀疑名词所持有的尖利性。

延伸是草叶在肠道里还原,碾碎和重置。反刍

闪存的底片得到光源的瞬间。她便独立。

你欢喜。或厌恶。都与她无关。

2021.08.09

致

我的房间空荡荡的，

帕斯和玛丽

返回书架。椅子变轻。

时间的沙漏

漏下燃烧过的太阳石与你的画像

那是另一个你

向往着墨西哥的爱情

扶拉王河在海底神奇地流淌

现在是上午九点，距你离开

三百二十个小时。

玫瑰花收敛了光华，但是更为芬芳。

我的儿子今年七岁

他是我妻子带来的孩子。

现在属于我，将来只属于他自己

我允许他调皮

也许离他小心脏里的悲伤

只隔着一个鬼脸。

在灶火旁，我给他讲

老子的遗训：治大国如烹小鲜

世界奇妙而复杂，如水晶宫的建筑学。

当鱼群托起深水中熟睡的翩翩少年。

2021.12.21

给吉尔伯特

一

他每天在野外放羊。

他洞悉刺猬和水鹨的习性。

但,仅有这些还远远不够。

他必须团成刺球对抗平庸的时间。

或者,在暴风雨来之前,

紧紧抓住鼓满风的树冠。

二

悲伤让你醒目,

在上野美智子病逝后。

在匹兹堡。在旧金山。

落日还是那轮落日,

雨珠依旧逗留在阔叶植物上,

你打捞的那枚水桶中的月亮,

像道疤痕，在你的诗节里。

他合上书，像那只水鹨收起翅膀。

三

"贫穷不是一笔财富。"

你将大部分时间投注于山林，

在褐色的石头上，

开凿出一条属于自己的河流。

他在李楼的草滩拣起一块顽石

观摩着水花，以及它的前世。

2021.06.12

交换

我把海豚递给他,

他睁大眼睛,像两汪琥珀。

海豚是在羊楼古镇买的,

用竹子做成。

放在桌子上,它会摇头摆尾。

他拖着海豚在院子里疯跑。

仿佛是一小片海在沸腾。

突然,他似乎记起了什么,他停下来。

把一个装有彩色糖的塑料盒给我,

我的小外甥今年八岁,上二年级。

对他来说一颗糖就是他的甜心小世界。

现在,作为交换,他把一半的甜分给了我。

2021.05.1 /

冬

枯黄的草上露珠闪着灰灯光。

米沃什在站台旁凝视,

铁轨从上个世纪穿过来,

经过他和他身后的城市、旷野、隧道。

时间是件冷兵器。

失眠是一次异国的逃亡

动词和名词在书页里铺展

今天。明天。一个世纪……

我关闭链接。湖面上,

两只野鸭子扑通潜入水底。

水纹散开。像什么也没有发生过。

2020.12.09

在仓房——给海棠

第二次,来到这里。

"天空蓝得令人生疑"。

卵石依旧枕着山泉,

伸出温柔的触须。

我们谈及灾难,

石漫滩在他的叙述中,

飞出几只灰鸽子。

她安静地坐在那里,

看着奔向山溪的孩子。

两座山脉,在你的眼眸里

细微的波澜。

2021.09.13

在赤壁

津渡先生提议,

将湖中的岛屿以每个人的名字命名。

我仿佛看到一群羊在岛屿上出没,

它们有着云朵一样光滑的脊背,

两只肥硕的大耳,像两团蒲扇。

因为陌生,它们用褐色的鼻子,

轻轻触碰阔叶植物。

赤壁两个红漆大字,

仍保留着现代性和古典的音韵。

王单单把戴潍娜比作小乔,

这个借喻是成立的。

正如那会儿,她用快门,

在浩淼的烟波里,

扑捉到一丝萧瑟和静穆。

2021.08.29 中雨

大海——兼致小覃

这是第一次看到海

在来时的高铁上,

他无数次构架出图腾。

说,就是,海——博大。壮阔。

又趋向虚无。现在,

海浪的羊群涌上沙滩。

在大京。在下尾岛。在东壁。

脱离束缚的吟诵者。

他甚至感受到了

细如鬃毛的浪花一次次洗刷着。

感知力的修复,毁灭,重生。

这是它,无格式的教育。

2020.11.06

移动的房子

在甲板上,他摊开手掌给我看,

指甲大的海螺,一只小海蟹

躲藏在里面。它还那么小,

就已经体会到世界的凶险和

不确定性。——轮船被浪花亲吻,

大海展开它一望无际的蓝。

我回到船舱,用望远镜捕捉到

一个小黑点。那是一艘巨轮,

移动房子,洒满了落日的余晖。

2021.03.08

断章

……要么，就在稿纸上建一个

果园吧，你的经历、所见和飞鸟

振翅的余音，是最好的养料。

——像奥拉夫·豪格那样，

在人字梯上修剪着枝杈，

并把一枚芳香的苹果放在小诗中。

2019.11.16

其他

当他写到自己的时候,

突然停顿

他竟无法描述一个真实的我。

那么多词语敲窗而入,

偏瘦。颠足。鼻毛伸到外边。像甬道里的打探者。

暴雨过后,

一棵构树苗,在微风里打着趔趄

满是泥巴的枝条上,挂着几滴闪烁的水珠。

2020.06.26

九月的岗坡

一棵法桐傻愣愣地站着,

无动于季节的反抒情。

蛐蛐在低矮的草丛弹唱,

虚拟宏大的声乐宫殿。

有人在微信上谈论艾米莉·狄金森

——一位把自己封闭起来的天才诗人

她的笔尖在草纸上,

划出一道短促的闪电。

你从传述中起身向窗口探视。

野麻和青蒿被清澈的水带走。

九月的积雨云散后,

羊群扯下云朵的棉褥。

2019.09.12

七月献诗

"荨麻在废弃的庄园里挣扎。"[1]

而你的窗口似乎天天在下雪。

这两个对应的事物,中间隔着

恍惚的时间,和辽阔的水域。

这是七月的最后一天,

蝉在树上嘶鸣,叶子出现雀斑。

再过不久,一切都将会不复存在。

什么是永恒?他,诸多个他,

在文字里发出年轻的声音——

练习本上,一个掘井的中年男子,

一次次清理着喉结中的砾石。

2020.07.31

---

1 扎加耶夫斯基《试着赞美这遭损毁的世界》,李以亮译。

绝句

云朵一会儿变成姑娘,

一会儿又变成父亲。倒扣的碗。

也像他,平静的外表。内心依旧隐藏着

闪电的暴脾气。

十二只羊在草地上啃食自己的影子。

2020.08.04

麻雀——给冯新伟

在杨树和桐树间来回穿梭。

为了等待另一场雪,

来回调试着滑雪的角度?

这些年你经历了什么啊?

失眠。偏头痛。信奉庞德的教条主义。

一首诗给你带来的仅仅是心灵的欢悦。

但她胜过 T 台,掌声和华尔兹的盛宴。

今年会下雪吗?那只麻雀叽叽喳喳,

在树枝上鸣叫

像是反问。

我只是比划了弹弓发射的手势,

它就飞走了。

李松山和妻对诗

一

李：午后

孙：两个精神分裂症的人

李：来到高速路边

孙：清风徐徐

李：白云悠悠

孙：他们跟着汽笛声去了远方

二、白露之后的园子

李：我去园子外。

孙：欣赏我

李：需要一个正确的视角

孙：蓝天每天都蓝

李：阳光从白云里扯下大把的棉絮

孙：风吹来了轻

李：园子和阳光的雄蝶在蹁跹

三、阳光把小火气甩在皮肤上

李：妈和小丽在薅花生

孙：阳光炽烈

李：而白云最宠溺的那个人是我

李：经过一个上午的努力,这一块地的玉米还剩三分之一

孙：还有一半有余

李：你站在地角

孙：你站在地中。

李：从不同的视角看问题

孙：是不同的问题

朝云暮霞
快手ID：1203785584

47岁，现居郑州，
全职家庭主妇。

一个生了孩子就没再工作过的女人，在对诗中体会速度的感觉。

夏日随笔

树梢发着温柔的光

风儿悄悄吹散了一地斑驳

不小心又把树叶摇响

一只喜鹊被惊动

飞去又飞回

嘴巴不停好事地叫嚷

又若无其事地四处张望

眼睛沉沦缱绻墨绿丛

耳朵膨胀着喧闹的蝉鸣

口罩没有隔离满街的花草香

在想那个

贩卖阳光的人

在无数个夏日专场

他认真打包的样子

影子很长

口哨吹得很棒

芒种

芒种节气

笔下的字行

一半绿色

一半金黄

一边是播种

一边是镰割

绿色对着水波娓娓倾诉

金黄跟土地道别

彼此用最深情的目光

田野上的默契

季风在回荡

田坎上的脚印

踩着太阳

耶黎幂

快手 ID：1294171472

48 岁，居住在西安郊县，
农民。

他以女性的身份和视角写爱情诗，很多人以为他是个女诗人。

千年以后

千年以后

也许,天空中

发现的所有的海市蜃楼

都是我们的成就

千年以后

我们能否居住在

自己的梦里?

时光近秋

愿你浅显透明

愿你亦如初见

如清晨的白鹭

只是时光近秋

一纸零落的往事

把你赎走,秋

是一本书

它丰厚的页间

夹藏着一片脱水的情愫

秋才开始

请你

慢慢地阅读

黛小青

快手 ID：2069560532

24 岁，现居上海，
初中语文老师。

她是一个喜欢写诗的语文老师，尽管作文题目
要求"文体不限，诗歌除外"。

歪歪扭扭

走在路上，

风斜吹过来，

连影子

也是歪歪扭扭的

我们歪歪扭扭地活着，

却从不肯轻易倒下

蜡笔

给花涂成黑色,

这样,她就不会晒黑了。

给白云涂成彩色,

这样,随时都能看到彩虹了。

给大地涂成绿色,

这样,哪里都是春意盎然了。

给外公的胡子涂成透明色,

这样他就不会

因刮胡子流血了。

给外婆的脾气涂成粉色,

这样她朝我生闷气,

我也不怕了。

给弟弟的嘴唇涂成蓝色,

这样他就不会

一天到晚吵死人了。

给爸爸妈妈的列车涂成七色花的颜色，

这样，他们想回家

就能随时召唤列车了。

给我的生活涂成快乐的颜色，

这样我就再也不会难过了

一场高烧

我拾起田野里的剪影、发丝亲吻的晨光

连同田埂旁的野菊、手中的风

在空中尝试飞翔的秧苗,一同寄给你

星辉摇曳着的微笑,奄奄一息

时间挤出,一双虚弱的手

操劳生活

渔网、稻苗、翻来覆去的晒谷

扬尘、杂草、泥浆沾满着脚丫

风把太阳的烫嘴,一口一口

贴在皮肤身上。大地似乎

每天,都在经历一场高烧

我也参与其中

流浪诗人银榴

快手 ID：1851264507

00 后，湖北人，
北京理工大学社会工作专业学生。

她是一位社会工作专业的大学生，热爱摄影，正在为成为心理咨询师而努力。喜欢一个人，她不会直接说"我很喜欢你"，但会写一首诗送给他。

晚高峰

城市像个穿着花布衫

揣着啤酒肚的胖子

笨拙地前行

第四辑

我宁愿带着真知灼见/去安慰失去房屋、尚在悲泣的母亲/去田里,和劳作的农夫们聊一聊

诗人赵献民

快手 ID：1590316713

诗歌爱好者，河南许昌人。

快手上重名的人太多，因此他在名字前加上了"诗人"二字，并为此感到不好意思。

乌克兰印象

乌克兰下雪了

下得很大

不一会儿

就覆盖了万物

乌克兰也下铁了

下得也很大

不一会儿

也覆盖了万物

一个，静悄悄

一个，轰隆隆

回家

把血肉还给白骨

把灵魂还给肉身

把残骸还给飞机

把座位还给乘客

把飞机还给天空

把终点还给起点

把儿女还给父母

回来，都回来了

是的，没少一个

是的，一个没少

蚂蚁

当他们给我说

被吊在大楼

几十层处

擦玻璃往下看

我们

个个都像蚂蚁时

其实

我也想对他们说

我们向上看

你们也个个像蚂蚁

马小车の诗

快手 ID：1760725261

51岁，湖南益阳人，
长沙某建筑设计院总经理。

因为有司机开车，他一般会在出差路上写诗。

非非想

无意中发现,一个死去三年的朋友

还躺在通讯录上

他占了薄薄的一行

像麻雀躲在冬青丛,不肯飞走

你曾是

今天早上,王小梅

送来一大束鸢尾

她听说我患了神经官能症

总觉得空瓶子是有罪的

塞尚画的葡萄,不应该只有紫色

一个人从地铁口浮起

眼眸里的光,为什么不是冰蓝

王小梅帮我穿好条纹病号服

指着我笑

你看,你看

大海已经涌来,天空蓝掉了一半

冷冬年

快手 ID：1167428980

48 岁，湖北荆门人，
以摆地摊为生，售卖百货生活用品。

他在农贸市场的摊位有十米长，卖插线板、镀金佛像、日常杂货，夏天还给客人修灰指甲。

致 YXH

月亮从你的院子里升起

你的影子在我的屋顶上摇晃

我多想将你扶成一条直线

让月光同时落满你的左手和右手

HD 村其实很美

这里出产 56 度的高粱酒

后来的后来,麦田里不再长出稗子

我和你一样,喜欢安静地写诗

当春风抚过头顶的时候

我们相约,将所有的蛙鸣都译成情话

秋天的第一群大雁

那一年，我在深圳的流水线上

望着窗外的白云，白云很美

白云的下面有个姑娘

她在千里之外的山坡上数大雁

数着数着，大雁飞过了我的天空

这是秋天的第一群大雁

她们会唱家乡的牧歌

把春天摁进大地

雨点在奔向大地

黄叶在秋风中飘落

这样的季节里

连我的头发都变得干枯

早已不再恐惧于对着镜子

我知道镜中迟早都有雪会发生

我们只不过是像黄叶和雨点一样

把春天,深深地摁进大地

十月如铁

三月是个最好的季节

泥土，春风，花朵，人间的水

没有什么能够抵挡它们的柔软

就像我不能抵挡柔软的爱情一样

一进入秋天，时光就如凝固一般

风像刀子，泥土板结，水沦为冰块

爱人之间的语气变得生硬

花朵，坠入大地的深处

再刨出来就是一块一块的铁

市井

别和我谈论油画

也别和我谈论哲学

或者其他一切的高深莫测

我只是一个俗人

生活在市井

我的身边都是街头小贩

小贩的身后是一家人的生计

一服药,几个馒头

一支铅笔,或者其他微不足道的东西

一件衣服可以穿很多年

皮鞋上布满尘土

川流不息的人群就是一部歌剧的场景

我们就像其中的群演

不需要揣摩剧本

糊里糊涂走一遍过场

一边走，一边傻笑

然后领取属于自己的低廉的报酬

压垮成年人的最后一根稻草

一天的光明接近尾声

落日,是如此之圆

像画在天上一样

我们要在这黑夜里赶路

还有三个快递要走十公里

还有三个小时的作业要辅导

皱巴巴的口袋无法交出明天的房贷

我真怕啊

我真怕,一弯腰

就能摸到河里的夕阳

每当我走投无路时

我就会来到河边看一看

看一看这平静的河水

然后做出一个艰难的抉择

我们像风一样疲于奔命

灵魂像这永不停歇的风

吹过荒原,吹过花尖

有时候真不知该往何处吹

在原地打转

这肉身之躯啊

总是无法与灵魂达成和解

冲突不断爆发

身躯和灵魂都像风一样疲于奔命

寻不到一个落脚点

我将自己活成一个诗人

不得已，我将自己活成一个诗人

我只是自己的诗人

我认为我写下的就是诗

一首首属于自己的诗

你没有必要懂，他也没有必要懂

活成一个诗人，是很悲哀的

假如没有诗这味苦药

我早就已经死去

可是诗，并不能让人快乐

孤独与忧伤燃起的火，让我苟活

我不能拯救自己

我也不能拯救大众

诗，不过是一种无意义的存在

美丽的忧伤也不过是一句谎言

谁又曾见过痛并真正地快乐着

诗者

茅草、木头是名词

浮动、摁住是动词

安静、惊恐是形容词

我用类似的更多的词搭建一座小木屋

搭建在深山密林里

像一层厚厚的茧

我希望风吹不进来

我希望雨淋不进来

我想守住我的灵魂不受惊扰

我住在这样的房子里给心爱的姑娘写优美的情诗

一首一首，比尘世的花还要好看

一首都无须寄出去

我把它当成方子，以此来治疗这人间的忧伤

写到最终，只剩下孤独

感觉风雨飘飖

感觉丢了魂

除了活着,很疼地活着

我什么也没有

小木屋在风雨中摇摇欲坠

黑夜是一枚茧子,像母亲的子宫

当一声啼哭划破黑夜

把这黑夜都划疼了

划出了鱼肚白一样的水泡

从那时起,我就知道这满世界都是疼着的

包括你,包括我

疼痛是会传染的,一定是你传染给我的

对此,我有过怨恨

一疼,就是这么多年

丝毫没有减轻

有时候,我真想放弃疼痛

我所放弃的疼痛一定会回流给你

因此,我于心不忍

渐渐,我明白了世界有这么多疼痛才叫世界

于是,我感谢你的恩赐

感谢你恩赐我一身的疼痛不已

这是对于我的恩宠

你的世界我去过

我的世界你却没来过

你和我的疼痛却是一样的

先一脚后一脚，你我都要重聚于黑夜

黑夜是一枚茧子，像母亲的子宫

温暖，舒适，没有疼痛

我们都将在那里团圆，永生，幸福

父亲（组诗）

棺材

我小的时候

荒野里有很多的棺材板

父亲将它们一块块捡回来

然后打造成一口口蜂箱

蜜蜂就在箱子里酿蜜

那时候的蜜很甜

如今却喝出了苦味

囚服

那一年

父亲在农场附近打零工

捡回来一套囚服

他穿在身上像个孩子

穿过开满鲜花的乡间小路

笑容像花一样落在田野里

然后又从泥土里长出硕大的穗子

我却一点也笑不出来

我多想将这多余的部分还给他

记忆中的父亲高大威猛

如今我们站在一起

他比我矮一大截

我多想,将这多余的部分还给他

父亲的扁担

父亲的扁担

挑过太阳

挑过月亮

挑过我和妹妹

太阳和月亮很轻

我和妹妹很重

他挑起太阳和月亮的时候健步如飞

他挑起我和妹妹的时候小心翼翼

母亲，是一片榨树林

母亲，是一个名词

找不到一个合适的前缀来形容

我一直认为母亲就是一片榨树林

我在林子里奔跑

我在林子里歌唱

连风吹过的声音都是天籁之音

假如没有成长，我会如此一直幸福下去

如今，林子和我一样荒凉

我的言语越来越少

在我的理想国里

一次次试图将母亲变成一个动词

或者，变成一个形容词

都以失败告终

挥之不去的

依旧是对于那片榨树林的印象

我们都喜欢看着对方努力去深爱的样子

有些话你不要说出来

就像我也不喜欢说出来一样

离别的时候,你会在原地站很久

我也会回头,直到看不到你

重逢的时候,你充满喜悦

我是一路小跑去见你的

日子久了,真的没有什么话可以说

春天里,我会摘一朵油菜花戴在你的头顶

我们会达成默契:这比金子还要金贵

我们没有什么秘密

我们只有会在同一时间涌向对方的喜悦

我们都喜欢看着对方努力去深爱的样子

无题

心底的事宁愿压着

也不愿吐露给异乡的月亮

夏荷

快手 ID：2420010519

45 岁，街道办工作人员，
居住于长沙宁乡。

周围的人很惊讶，看她平时五大三粗，却写出这么细腻的文字。

一只鸟窝挂在树枝上

下午从核酸检测点出来

天空,毫无预兆

大滴大滴的雨点

泪流满面

无常的季节。我看见

一只鸟窝挂在树枝上

劫后余生地战栗

飞机从万米高空直坠

广西的天空没有一棵大树

万物都有自己的名字

睡不安稳的夜晚

母亲就去屋外

喊我的名字。她喊一声

我在家里应一声

万物都有自己的名字

我笃定,除了用来辨认彼此

还藏着某种秘咒

每当喊出我的名字

心上就有一朵莲花绽放

雨空

快手 ID：1848417876

27 岁，甘肃人，
现居西安，软件测试员。

他自称"诗歌冒险家"，认为把社会事件写成诗，
意味着冒险。

催

父母催我结婚

很多次

我知道这是他们的心愿

我结婚了

父母催我生孩子

很多次

我知道这是他们的心愿

我有孩子了

父母要帮我带孩子

很多次

我知道他们需要朋友

我答应了

父母把我引到他们的路上

便离开了

不管我了

哀

我在超话里翻找每一个名字

好像在瓦砾中翻找呼吸

每找到一个名字

我多么希望 是被救出的幸存者的名字

多么希望 我没有找到名字

一个遇难者的名字都没有

新闻发布短短的几行

包含着冰冷的数字：53人遇难

超话里我找到的每一个名字

还有我没有找到的名字

快点回家吧，孩子

如果没有回家

我将把你们的姓名备份两份

一份交给天,给星星命名

一份交给地,给你们立碑

春节

父亲挂灯笼

母亲做饭

我贴对联

每个人都是一束光

温暖各自的方圆

放烟花爆竹

抢红包，收送祝福

新年的快乐笼罩着家

短暂的快乐

短暂地覆盖

我永不消散的忧愁

一次眺望

站在三十二楼我的窗口

望出去

高楼长在雾霭中,密密麻麻

高楼的背后,还是高楼

我在想——

高楼背后的高楼的背后是什么?

于是我爬上楼顶望

在高楼背后的高楼的背后,依然是高楼

长在雾霭中,密密麻麻

我在想——

这城市真大,有没有尽头呢?

于是我到了郊外

郊外机器轰鸣

座座高楼在拔地而起

条条柏油大道通向远方

我在想——

这城市到底有没有尽头?

分别

在北客站,

你回眸,

是让我放心?

还是送来依恋?

你踏上电梯,

比夕阳还下落得快,

可能检票员她懂我吧!

为了避免你下落的悲伤,

她放下了盘起的门帘。

韦廷信 780

快手 ID：1685185711

32 岁，福建宁德人，
《宁德文艺》编辑。

曾经在公安系统工作了六年，是一名"公安诗人"。

待产房

在待产房

我看见妻子满头大汗

忍受着疼痛

我完全可以想象接下来要发生的一切

火车穿过隧道

穿过大山的血肉和骨骼

助产士说开十指了

我被请出产房中心

在产房门口我来回踱步

直到半小时后宝宝哇的一声啼哭

我停住脚步

这一长声鸣笛

意味着火车已接近车站、桥梁、行人、施工地

接近人间，接近光明

翻手的雨（第三部分）

快手ID：2556631410

本名李松山，42岁，
出生于舞钢市尚店镇李楼村，牧羊人，
因儿时患脑膜炎导致残疾。

他是一位在山里放羊的牧民，但不喜欢羊。
他写了五年情诗，终于追到了自己的妻子。
他和妻子有时会在野外对诗。诗，在他们的言语间成形。

轮椅上的老人

他眯着眼坐在轮椅上。

破旧的半导体：豫剧。

嗞啦的噪音回放着他的大半生

蝉鸣摩擦着桥下的流水

他在波光粼粼里回忆青春？

一只羊羔不听我的吆喝

向他的方向靠近，

我挪动着不太灵活的左脚，

夕光来回游移着，

树杈上的少年仍未归来。

绝句

柴火潮湿。他有些懊恼

斧头的戾气源于奔逃的树木。

那个常年在湖边探寻自然的老人

拒绝世界的噪音。现在他人已过世

他的文字仍在书页里淬炼，

太阳的铁砧上，飞溅着火花。

银杏树下——兼致于赓虞

银杏树落光了叶子，

像你一世的颠沛与清贫。

旧时代的狗对着那轮新月狂吠不止，

时间的水珠，

延迟为粗粝的风霜。

而此刻，你想起，来时的路上

他们谈论抄袭者和物像的共振。

文字多么无辜。

酒糟味的风拂过脸颊，

裹挟着几枚虚妄之词。

2021.12.06

眼疾

好像它和世界蒙上了一层白雾

我读《鼠疫》里的动荡和惶恐

滚动的消息里又跳出几个隐匿的爆点

还是说说那只羊吧

它分不清道路和田地

2022.01.15

牵引

车子被牵引着在两座山的夹道里行驶,

"我们被生活牵着鼻子走"。

四个人陷入集体性沉默。

雨刮器分开雨点。

我们又能说什么?

关于洪水和疫情,月亮和花朵。

在小酒馆——给张培龙

还是靠窗的位置,

你和两年前没什么变化,瓶底镜,

少酒。只是老板娘已不是当初那个

酒窝里盛开玫瑰的人

职务。薪资。

类似于山羊的政治经济学

天空零星飘着雪花。这是早春二月。

我们像电线上的雀鸟,躲过稀疏的人流。

2021.03.07

罐子里的石头——兼致牧羊女

他往罐子里舀水,

罐子是透明的。那些你寄来的石头

因水的皱纹,纹路纵深

石头变成了独角兽,

而他手中,词语缩变的钝器

也弃他而去。他两手空空,他跑

向着纹路延展的虚无,

长颈鹿的眼睛里放射着绿色的光,

雪莲凌驾于鹰隼之上……

每天,他给那些石头换水,

石头只属于石头本身

像他每天吞下的药片,

历经肠道的同时,

瞬间就平息了脑中枢的微澜。

西门子 北方

快手 ID：1134923248

38 岁，国企技术人员，
居住于西安。

五年来，他坚持每天读十首诗。为了培养语感，
他看到一个好句子会念上三十遍。

天色灰黄不定

天色灰黄不定。他租了车,去北戴河

海风打在车窗上,透过来的声音五味杂陈

整个下午。他把身体泡在海水中

姿势,像去年的定州

大洋的速度缓下来

如一辆徐徐到站的,城际公交

微雨诗路

快手 ID：904994502

62 岁，吉林榆树人，
退休前是副食店营业员。

他想用最质朴的语言，去描绘东北最现实的生活。

爷爷和孙女

爷爷

你整天在纸上勾勾抹抹

是写诗吗

孩子

爷爷是想

看看能不能从这上面飞起来

过去和如今

过去我只活在这张嘴上

如今我捂住了

妻子炒菜我不说咸淡

虽然我知道就差没把盐商领家了

过去我只活在这张嘴上

如今我捂住了

老了就是老了管啥闲事

既不受人尊敬又要得罪人

过去我只活在这张嘴上

如今我捂住了

毕竟不再年轻了论何想当年

还怨言着什么无人搭理了

过去我只活在这张嘴上

如今我捂住了

纵然百鸟齐鸣又让我遇见

我也不会再大喊谁的声大小了

初恋情人

那年那月那天

那个夜晚

是的

他就站在这棵树下

一枚捣蛋的月光

像飞速的子弹

钻进我的体内

至死也没能挖出来

装修工

太阳落山许久了

他才把这家的活干完

攥着手里的钞票

掂了又掂

却掂出老婆孩子都笑的样子

怎么学也学不出来母亲的样

那天中午回家

见母亲就歪躺在沙发上午睡

身上什么御寒的也没有

我找到一件衣服

小小心心地捂上

可还是把母亲弄醒了

我这个生气啊

真恨不得使劲打自己几下子

为什么啊为什么

怎么学也学不出来母亲的样

给我盖被子时

那个轻

那个柔

莫名其妙

在城里

破楼都抢着住

在乡下

新房都成了空屋

莫名其妙

聊天

几位老人围坐一起

七嘴八舌热闹非常

没别的都谈年轻那时候

说得眉飞色舞激情洋溢

就是没人讲讲现在

心青诗集
快手 ID：2427324695

30 岁，西安人，
游历各地边打工边写诗。

为了推销自己的诗集，他在马路上弹唱叫卖，
印了 200 本，卖出 50 本。

春天的白杨

白杨伸出触角

向天空问好

想和云朵握手

却总探了个虚无

次仁札尔希：浮夸诗舍
快手 ID：2127855576

29 岁，居住于青海海西，
从事旅游业。

他是一位藏族导游,因为设身处地为游客着想,
常常获得好评。

贩卖

在这蓝天白云下

有人贩卖灵魂

有人贩卖真理

我于人间一趟

赤身裸体

我该贩卖什么

难过的橘子皮儿

快手 ID：1370578343

00 后，来自辽宁沈阳。

写诗时是悲观的理想主义青年，不写诗时喜欢另类喊麦，认为写诗和喊麦一样小众。

想写一封信给你……

想写一封信给你

关于十八岁那年的风

关于少年们说不出口的白日梦

关于我安静的青春为什么寸草不生

写诗有什么用呢……

写诗有什么用呢

不过是一些千疮百孔的文字

不过是一根根扎进胸口的刺

不过是说不出口的相思

不过是满腹的浪漫主义

不过是执拗的少年沉默不语

不过是皎皎明月照不到的沟渠

不过是自由爬上高台 欲望声名鹊起

不过是谎言泛滥成灾 真诚的人小心翼翼

不过是单薄的灵魂碎了满地

不过是荒诞不经的人间偷偷长满荆棘

不过是汹涌的爱意化成纸笔 句句皆为你

郁

我不悲伤

是诗自己要流眼泪

水云间 8967
快手 ID：915668482

44 岁，现居菏泽，饭店凉菜师。

她和儿子约定好一起为目标努力，她的目标是申请省作协，儿子的目标是考上大学。

削皮刀

于我来说,是一种工具

对那些瓜果和蔬菜来说

却变成一种刑具

每天不停地使用

让日子变得麻木,直到它

用两排尖利牙齿

咬破手指时

源自生活的无奈,随几滴鲜红

一起释放

仲诗文

快手 ID：1597067328

49岁，四川苍溪县唤马镇人，
现居广东惠州，体制内文联打工人。

他曾以诗歌收获名声，现在沉迷钓大青，认为还是后者比较开心。

失败仍是轴心……

失败仍是轴心

外面到处都是拿着刀子争取胜利的人

我不需要这样的胜利

我争取失败

我宁愿带着真知灼见

去安慰失去房屋、尚在悲泣的母亲

去田里,和劳作的农夫们聊一聊

盒马每天独诗
快手 ID：804144800

本名史欣欣，57 岁，
盲人按摩师，诗歌爱好者，居住于河南洛阳。

她是一位盲人按摩师。
春天，她会通过触摸的方式赏花。
从未见过儿子的她，从邻居那儿得知儿子长得很帅。
她在一次诗歌创作大赛上没有透露自己盲人的身份，
但没人发现这一点。

盲人跳绳比赛

裁判员的哨音响起

运动健儿迅速调整站立方向

他们竖起耳朵

手握绳柄

等待起跳号令

嘟嘟

他跳起来了

在热烈的阳光下

在运动员进行曲的铿锵声中

在残联的篮球场上

跳起来了

他们 都跳起来了

他们抡起手中的绳子

如同抡起心爱的花环

他们驾着热浪

展开双臂

像一群超低空飞行的雄鹰

汗水 一串串洒在球场

在阳光下 摔出无数道金光

嘟嘟

比赛结束

志愿者送上毛巾 送上矿泉水

拉着运动员的手

胜利退场

2022.10.17，周一，倾听

那年那月的那一天

我开始了

人生中第一次倾听

倾听父母紧锁的那团愁云

倾听他们脸上带有苦涩的笑容

啊

我拼尽了整个生命去倾听

倾听月光下面

那个搂着花被子的少年

在睡梦中的叹息

倾听孩子放学时

那一声声呼唤

半夜回家时那很轻很轻的脚步声

中枢神经系统召开过多次紧急会议

要求两只手

鼻子和整个感觉系统

都要参与到倾听

我倾听着韩老师的头晕是哪一节颈椎出了问题

倾听王奶奶的手麻

压的是尺神经，还是桡神经

刘大爷的腰痛

是在白天

还是晚上

还是晨起加重

电梯里邻居大姐

试探着询问

你眼睛看不见

整天乐呵呵

大包小包买吃的

人整天收拾得又漂亮又干净

一天夜里爸爸悄悄摸进我的梦里

喜滋滋地告诉我

他心目中的上帝

正在写关于身残志坚者的论文：

茫茫宇宙中

渺小的人类只是一粒沙子

一滴水

能延续几亿年到今天

我总结了两个字

适应、适应还是适应

没有腿了

就学习用手

去走路

没有了眼睛

就要学会去倾听

2022.10.09，周日，爸爸的梦

一天

爸爸说：

他做了一个梦

梦见咱们荣的两只眼睛

又重见了光明

全家人都默默地流泪了

一旁的姐姐说：

同仁医院能够移植眼球

那我愿意捐出一只眼睛给荣

还有我

还有我

哦

那是哥哥和妹妹的心声

荣在一旁傻傻地笑着数

一颗、两颗、三颗

好像是在数天上那几颗最亮最亮的星星

爸爸叹了口气

你们都还太年轻

自己的路还有好长好长

假如有可能

我和你妈给荣一人捐出一只

我们年纪大了

自己剩下一只眼睛

生活中能够看路就行

2022.10.09，周日，盲人的两个邻居

叮当、叮当，盲人家的门铃被摁响

邻居呀！你的钥匙没有拔

忘在了门锁上

要是让坏人发现

后果会不堪设想

哦

还有你家太阳能水管在突突突漏水

我在我家的厨房用手机拍了照

可以供你们维修使用

邻居的有爱和善良

手拉着手

抚摸着盲人邻居

他们是圣洁的天使

是春天温暖的阳光

善良的人啊

你的热血里珍藏有多少份善良

怎么一不留神就会把它们释放

恫恫恫

动动动

你家卫生间为什么还没有修好？

限你们三天把漏洞补上

要不然我就打 110

让警察来跟你们理论

还有，你们不许在家里唱歌

我们在下边感觉到很不爽

楼下邻居：

三天时间太短了吧

唱歌？

我们唱歌的时间都在白天

从来不在中午更不会在晚上

盲人的心和骨头仿佛被浸泡在冰水里

用颤抖的声音为自己的尊严大声反抗

塞缪尔说过：

"世界如一面镜子：

你笑着看他

他也会笑着看你

你皱眉视之

它也会皱眉看你"

致顺华超市老板

熟睡的他

脸上依然带着微笑

眼角嵌着的那颗汗水凝成的泪珠

攀岩着

浅浅的沟

亲吻着已经有些变白的鬓角

一旁睡梦中的妻

翻身

喃喃地说：

"你看多新鲜

葡萄园刚摘的

买两串吧"

啊

清晨迎着曙光

他们站在三尺柜台前

给所有的顾客

微笑

深夜下班的路上

披着满天星光

拖着疲惫的身体

他们的脸上

依然挂着微笑

星星瞅了瞅他们刚买的新房子

又瞅瞅上大学的一对儿女

似乎明白点什么

赞许地眨眨眼睛

给了他们一个

深深的微笑

素川
快手 ID：1836880726

2006 年生，吉林人，
学生。

初二时看了李诞的书开始写诗，获得最多的评价是 666。

三行诗

上帝挥挥手撒下火种

我燃起烟花

把火还给上帝

我在远处看着自己

就好像

在看着一场喜剧

我想你

但说出来就很悲壮

好像有所企图

我多希望

生活像电视剧一样

能跳转到下一个值得一看的镜头

情话

除你以外

再没谁能让我羞涩。

其实我想说的是

亲爱的

在这座城市里

我只在乎你一个人的目光

花

岸上开了一朵花

一切的嘈杂

都盖不住它的歌声

它正学着歌唱

万物慢慢倾听

年

红色

一寸寸占领沉默的山脉

笑容

将祖父脸上的皱纹填满

裂缝

来自枯黄且宽厚的土地

那双平稳又衰老的

棕色的手

用烟斗引爆沉寂的黑夜

于是

六千颗月亮

与地面的人对着绽开笑颜

柴与火光

发出热烈的喊叫

神荼和郁垒

拿起红色的祝福

年兽趴在暗处的雪上

不敢靠近

只是悄悄地望着人间

月落日升

冬去春来

三百个寒冷的夜里

总有人的灵魂褪色

只剩下黑白

而挺过去的人

就聚在除夕

庆祝自己伟大的生命

青春之歌

黎明下的我和我

有情人的默契

走过的地方

长满百合和玫瑰

迷茫是头顶的乌云

朋友是我的黑伞

在黄土路上

我与我的诗人朋友

谈论昏暗中的梦

我们谁都不想说话

风穿过月的锋利

赶跑了青春

挂在青春上的风铃努力缄默着

向我隐瞒他的离去

我只听到

泪水落地的悲鸣

黄昏下的我和我

有老友的寂静

微笑的白骨

披着我青黑的长衫

坐上

没有灯光的汽车

驶去视野尽头

默默地消失

远山
快手 ID：2015998506

辽宁丹东人，66 岁，
退休工人。

青年下乡，中年下岗，老年重拾文学梦。为了写诗，他在一年内翻烂了一本新华字典。

七绝／新韵（其一）

封户无聊只拼酒

黑白颠倒夜难眠

推窗不见星和月

满腹诗章无处言

七绝／新韵（其二）

禁足初始尚轻松

渐久心烦躁气升

行坐不知何所事

朝阳落日一醉翁

鱼哥

快手 ID：2157837483

53 岁，现居恩施，
在林业局工作。

一对老年夫妇在病床上静静对坐，他感觉两个人的合影就像一轮满月，于是有了这首诗。

月是山林的软骨

从康复科三区走出来,略微摇晃

而洒在脊背上柔和的光,还未褪去

热敷着我筋骨扭送的十二腰椎

一直跟随山中的月缓步行走

像这些年,每一次微微的疼,都有月色

轻风一样嵌入疏疏密密的林子

——山中的月是林子的软骨。粘黏

山腰的轻雾、坡地绒雪和夕阳下芦苇

一同支撑着拔地而起的崖壁。像今天

月是从一对鹤发老人头顶升起的

他们病床的静坐,也保持着经年躬耕的姿势

把岁月拉伸成满开的两张弓月

雁飞

快手 ID：2565093476

57 岁，江西九江湖口县人，
在税务局工作。

年轻时非常向往经长江去成都读大学，因为长江是李白一生游历最多的地方，而成都又是李白和杜甫曾经生活过的地方。

只有青草焕然一新

点开微信朋友圈

表妹的感伤赫然映目：

日子过得太快了

一晃，亲爱的妈妈走了五年了

我不禁泪水涟涟

是呀，岂止太快，也很久了

久得岁月足够荒凉

我刚才去过的那片墓地

已有好几座坟墓

因年代久远没入山坡无迹可寻

山坡只是山坡

杂乱、荒凉、寂静

只有青草焕然一新

微风中摇着晶莹的露水

在一支曲子的平缓部分

在一支曲子的平缓部分

我们看见了草地、田畴、小桥流水

和生活的日常

和风吹拂,蜂蝶纷飞

日子,如同轻轻跑动的双腿

我们已经积累了这样的经验

过了这段平缓的部分

曲子,会在某个瞬间,陡然升高

堆耸成又一座俊秀的峰峦

云雾缭绕,风景绝好

在一支曲子的平缓部分

有人换了一种跑法,轻轻跑动的双脚

如同鹰,整饬着自己的羽翼

日出如常,在一支曲子的平缓部分

生活,在悄悄翻页

陈年喜

快手 ID：1992547819

52 岁，陕西省丹凤县峦庄镇金湾村人，因诗歌《炸裂志》成名。

矿山工作多年后，他查出了尘肺病。有段时间他开始学习非虚构写作，希望自己的学习，跑得比肺的纤维化更快一点。

丹江口

我没有来过丹江口

当然 作为一位深度梦游者

在另一个时空

早已来过了

时代落在这个以水而名的

城市与落在别处并无不同

无非是酷热 核酸 用支付宝结算

清甜的西瓜 葡萄 价位虚高的风景

不要试图寻找历史

也不要寻找历史的教训

你要寻找的正在迎面的路上

人事有代谢 往来成古今

水也一样 一条大水流到今天也顺带提示我们

江河万里 甘苦万里

兴亡不问出处但归址大都同一

站在大坝下 我看见滔滔大水

来自北方又回到北方

而所有的诗歌无问东西

2020.06.13

后记

第一次和单读团队见面是在2022年4月底的一个下午，两拨人搭车一个多小时辗转从朝阳"不远万里"来到海淀快手本部。这是否意味着编辑部对出版这本诗集有兴趣？不好说。当时已经有三家出版社拒绝了我们，有的很委婉："这些作者挺有意思的，但这些文字算诗吗，你们再找找"；有的很直接，一听说要做诗集，就拒绝了："诗集卖不动啊。"

会议室的电视投屏上，诗一首接一首地滚动展示着："爷爷/你整天在纸上勾勾抹抹/是写诗吗/孩子/爷爷是想/看看能不能从这上面飞起来。"我们一边读诗一边补充作者信息："作者年龄、职业不详，但从他的快手主页能看出来某种坚持，他发布的时间从来不晚于早晨6点半，配图大多来自百度，有时是他自己的照片……"PPT里一共有30首诗，作者几乎都是素人。"这是一首渔民写的诗：知道大海是怎么形成的吗/那是我/用铁锹挖出来的。"会议室里发出一阵阵笑声，大家愉快地读了一个钟头诗、面对面建群，说回去想想。

几天后，群里单读的小伙伴发上来一份出版策划案：一本"人人可读的诗集"，一本破除偏见、改变诗集刻板面貌的小书。最重要的，他们认为，最宝贵的是这些句子背后，一个个生动、热忱的普通人；是诗句字里行间充盈的生命力与创造力……这一切，不该被简单、草率地归类为"底层文学""草根文学"；更不该把原本就是从日常生活中长出来的"诗"变成一种少数人闭门造车的精英表达——是时候听听那些被排除在外的声音了。

我们隐隐约约感觉到，这不是一本传统意义上的诗集；这一次，我们可能找到了知音。

* * *

发掘快手上的诗人群体，纯属偶然。

2020年深秋的一天，人间后视镜工作室的一位同事接到了在河南农村老家教了半辈子书、刚刚退休的父亲打来的电话，问在快手上发作品该如何配图、配乐。同事有些惊讶，印象中只是刷快手的父亲，什么时候开始发表作品了，发的是什么内容？一搜父亲的主页，竟然已经有2000多名粉丝，与老家村庄的总人口相当，大都是他描述生活经历和采风所见的诗，配着粗糙的音乐和随意的封面图。每条作品的播放量都有大几千甚至上万，评论有数十甚至上百条，有点赞者，有和诗者，有催更者……随意点开某个评论者的主页，一篇篇诗文绵延不绝。父亲在电话里说，他和诗友建立了诗群，"他们懂我"。

这是一片隐蔽的新大陆。过往岁月，有深耕现实题材、注重调研的导演和学者把快手当作社会学的"洛阳铲"；有身患绝症的网友把快手当作走完最后一程的"墓碑"，而此刻，我们听到茫茫大地上长出来的诗歌,正在声声作响。

我们粗略统计,大约有60万人在快手上写诗。他们当中有外卖员、盲人按摩师、牧羊人、菜农、电台主播、空调焊接工、摆摊个体户、高中老师、全职主妇、软件测试员、火锅店厨师……大多是普通的劳动者。《诗刊》的一位编辑说:"在快手上,各行各业的写诗者很多,他们总能在日常中发现诗意。"抗疫与战争、打工与劳作,每一种生活都能成为创作的土壤。在海量的诗歌素材面前,我们陷入了最初的、也是最难的问题:选择的标准是什么?到底该选什么样的诗?是不是需要一个文学的标准?

单读编辑部给出的建议是:就从读者的视角出发,选出你们自己觉得好的、喜欢的。暂时忘记那个抽象的、无从把握的"文学标准"。

坦诚地讲,第一轮搜集、整理的过程是枯燥的。但我们也在其中收获了一些隐秘有趣的"梗":人与人之间,神奇、不可言说的联结。在全民娱乐的短视频平台,写诗绝不是吸引流量的事。然而,这些写作者仍然以朴素的方式向外界敞开自己赤裸的心,把孤独、烦闷和羞于表达的困苦,以诗歌的方式一吐为快。有意思的是,这样的表达总能在评论区得到回应,有时是一个赞,有时是网友回赠的一首诗。还有些人超越了点赞之交——"任嘲我"和韩仕梅就是这样一对诗友。两人在快手上相识,互加了微信,韩仕梅把任嘲我拉进写诗的微信群,又把他的诗到处推荐给记者。任嘲我没想到韩大姐这么平易近人:

"我说最起码你现在是公众人物了,她说,'啥公众人物啊,我就是一个普通的农民'。"熟络之后,他给韩大姐说起自己踩茅坑的事儿:"当时我在构思韵脚,突然感觉来灵感了,顺了,就想冲出去写下来,一失神,脚就踩空了。还好是冬天,里面冻住了,我一屁股坐在茅坑上,浑身疼了十多天。"韩仕梅听了很感动,说:"我也不笑话你,我因为写诗,做菜的时候经常会忘记放盐。"后来任嘲我把这桩小事写进了自己的诗,标题是《两个有趣的人》:"快手上有这样两个人/一个居住在东北/一个居住在河南/任嘲我因为写诗/晚上摔倒在厕所里/韩仕梅因为写诗/做菜经常忘记放盐。"

在现实中,这样让人会心一笑的交流是稀有的。陈年喜在矿山写的诗基本没给工友看过,他说:"身边的工友,哪怕关系再好,要理解写作是几乎不可能的事情。"王计兵也有类似的感受,2021年,他因为一首《赶时间的人》在社交媒体上备受瞩目,平时生活中,送了四年外卖的他基本上不加入骑手群,一起玩的外卖骑手一个都没有:"以前我买书从来不让妻子知道,我都会把买来的书的封面撕掉,伪装成捡来的或者收破烂收回来的。"手机之外真实世界中人与人之间的理解是如此稀缺,好在,还有互联网,人们在虚拟平台上找到了真正的同类。

凭借快手上活络的社群关系,我们第一轮的遴选工作进展很快。三个月的时间,素材库从最初的大概几十首诗增加到近1000首。接下来,项目正式进入了图书出版流程,单读编辑部开始了第二轮的诗歌遴选和书稿体例、结构、装帧方案的探讨。经过几位编辑的审读、筛选,留下了两百多首作为基础素材库。

与形形色色、身份多元的创作者相对应,我们期待这本集子在编选方面也能突破单一的"专业尺度",体现多元化的审美品位和阅读趣味,做出一本由文学爱好者选出的诗集,一本真正意义送给读者的书。

为此,我们特别为这本书的出版设置了"编委"建制,邀请了十位对文学、对诗歌有兴趣的资深读者,(作家阿乙、邓安庆、韩松落、贾行家、梁鸿、叶三;诗人蓝蓝、胡桑;文学评论人徐晨亮;学者项飙),请他们从"个人的阅读感受"出发,从中选出100首(100首为上限),并附上一段感言,作为我们最后成书的重要参考意见。

同时,我们进一步协助单读编辑做创作者个人背景资料的收集、整理工作,补充每一位诗人的年龄、职业和所在地,着手与诗人建立联系。从联系第一个用户那天开始,"被怀疑是骗子"就成了我们工作的一部分。"写着玩的东西会被出版成书?"在工地上班的高大哥听完我们的出版计划,起先很高兴作品能发表,但一涉及授权问题,他立刻警戒起来:"我不会为此投入一分钱,没见到快手办公大楼,就绝不会透漏个人信息。"整个8月,我们为了证明自己不是骗子,使出了浑身解数,我们的一位编辑甚至在公司前台的硕大LOGO前对着手机大喊"八月云飞扬",以此为暗号来证明自己的身份。类似的插曲有很多,让人哭笑不得。我们尝试用一句话去描述诗人的身份、职业、写作背景,甚至是性格,这个过程真正拉近了我们与诗人之间的距离。

我们由四人组成的采访小队对五十余位诗人集中采访了近一个月，最终形成了二十余万字的采访速记。外卖诗人、放羊诗人、矿工诗人、农妇诗人……这些外界贴在他们身上的标签在讲述中被一一击破——

李松山的妻子第一次见到李松山时，为他的幽默而感到震撼——在两人见面之前，她看过李松山的纪录片，片中的李松山是一个有身体残疾的放羊诗人，让她看得有些同情。

王计兵聊起他近四十年的写作生涯，在这不短的时间里，他曾经是喜欢写作的农民工、喜欢写作的拾荒者、喜欢写作的小商贩，最终在2022年作为"外卖诗人"受到关注。至于为什么，王计兵觉得，人们心里有一个不自觉的定位，认为写诗或者写作是高端的事，而外卖员在生活中是弱势的人，当弱势的与高端的碰撞到一起，就会带来一种心灵的冲击。"外卖诗人"的标签，给了读者心理预设，让读者先降低期望值，读完作品后再把它抬高，这一低一高在无形之中就会带来一些赞誉。他形容这是缘分，偶然之间叠加在一起，就产生了一种效应。

事实上，这样美妙的缘分正是我们最初所期待的，我们期待更多的读者为这五十余位身份各异的普通人发出惊叹。随着诗集的筹备，时间一天天过去，我们和诗人的联结逐渐加深，也说不清自己与他们的距离了。我们见到了他们的父母、爱人、孩子，来到了他们写作的地方。我们记得，王计兵曾躲在一间用玉米秸秆搭成的小屋里写作，最后这间小屋连同他的手稿一起被父亲烧掉了。在父亲看来，写作的出路只有两条，饿死，或者当一辈子老光棍,好像写作就不该是属于他的。或许还有很多人都以这样或那样的方式中断了文学梦,直到突然有一天又重拾了写作,然后一直坚持下去。

"宗小白"曾经质疑过我们采访的必要性:"你们这样做的意义是什么?只看诗就很好了。"她批评得对。我们大费周折地采访,搜集他们生命中最动人的部分,的确是为了某天向读者讲述时派上用场。不过这种误会可能也无意间拉近了我们与他们的距离。一位编辑说:"我连我爸多少岁都不知道,但我清楚记得'远山'今年66岁,为了写诗翻烂了一本新华字典。"当采访小队的一位记者在朋友圈自发帮陈年喜卖起了他家生产的冬菇时,我们知道,这本诗集准备好了。

和单读编辑部的朋友们第一次见面时,我们还心存困惑:到底什么是诗?随着时间推移,这个困惑竟然消失了。我们似乎从诗人那里找到了足够多的答案。

对王计兵来说,诗歌是插在他身边的竹竿。"顺着它爬,我的生命就是立体的状态,是向上生长的。把这根竹竿拔掉,结出的果实一面是黄的。"

对"盒马每天独诗"来说,写诗是她参与社会的方式。"让社会知道我们盲人,了解我们这个群体的面貌,我要不写,你们咋知道盲人还会跳绳,还弄跳绳比赛。"

"诗人赵献民"说,好多人在他的快手主页下留言:"这不是诗,这是一段话,照你这样写,全国人民都会写诗了。"但他想说,每个人都是诗人,万事皆可入诗,用自己的方式表达出来,就行了。

最后,我们要感谢这些诗人的慷慨、善良和忍耐,带我们进入诗的世界;感谢他们在快手上的每一篇创作,好作品如此多,如有疏漏之处,祈请谅察。感谢每位准予收录的诗人,用王计兵的话来说,"众人拾柴火焰高",这本诗集是诸位合力燃放的烟花;也感谢那些未能蒙其惠许的诗人,能在这几年里读到你们,已无遗憾。

人间后视镜工作室

图书在版编目（CIP）数据

一个人，也要活成一个春天：快手诗集/人间后视镜工作室,单读主编.
-- 上海：上海文艺出版社,2023（2023.7重印）
ISBN 978-7-5321-8627-3

Ⅰ.①一… Ⅱ.①人…②单… Ⅲ.①诗集－中国－当代 Ⅳ.①I227

中国版本图书馆CIP数据核字（2022）第250686号

出品人：毕 胜
责任编辑：肖海鸥 李若兰
特约编辑：节晓宇 徐 尧 罗丹妮
书籍设计：杨濡溦
内文制作：杨濡溦

书 名：一个人，也要活成一个春天：快手诗集
主 编：人间后视镜工作室 单读
出 版：上海世纪出版集团 上海文艺出版社
地 址：上海市闵行区号景路159弄A座2楼 201101
发 行：上海文艺出版社发行中心
上海市闵行区号景路159弄A座2楼206室 201101 www.ewen.co
印 刷：山东临沂新华印刷物流集团有限责任公司
开 本：1092×850 1/32
印 张：11.75
插 页：4
字 数：140,000
印 次：2023年3月第1版 2023年7月第4次印刷
I S B N：978-7-5321-8627-3/I.6794
定 价：78.00元

告读者：如发现本书有质量问题请与印刷厂质量科联系 T:0539-2925888